死相學偵探 7

九孔之罠

三津田信三
Shinzo Mitsuda

目錄

一　新案件

嗷～

來自地底般的低吼聲隱約傳進耳裡，弦矢俊一郎的身體霍地一震。

……開始了。

今晚那道令人膽寒的聲音又響起了，其中蘊含的情感大概是憤怒吧？或者是恐懼？又或者是憐憫呢？

嗷～

那個叫聲逐漸變大，正步步逼向這裡，毫無疑問已近在咫尺了。

嗷～

……那傢伙，來了。

俊一郎在床上準備應戰。話雖如此，他也沒什麼能做的，就只是動也不動地屏息靜待罷了。

嗷～嗚嗚嗚～

就在門後，迸出巨大的聲響。

……喀喀、喀、喀喀喀。

又傳來好似在刮門的聲音，俊一郎的雞皮疙瘩都爬起來了，那像是用指甲刮過玻璃般的聲響，聽得人渾身不舒服。

可是，這時只能忍耐，千萬不可輕舉妄動或發出一點聲音，必須保持安靜，耐著性子等待對方自行放棄。

過了好一會兒，令人毛骨悚然的低吼及惹人不快的刮門聲戛然而止，房間裡頓時靜得連根針掉落地面都能聽見似的。

……真的要來了。

俊一郎下定決心的瞬間——

喵～喵～

原先的駭人咆哮忽而轉為截然相反的可愛叫聲。

……真受不了。

這種事到底要哪一天才會結束呀？床上的俊一郎無奈地仰天長嘆。

在門外的是虎斑貓小俊。牠似乎總堅持「小俊喵」才是自己真正的名字，不過俊一郎平時都叫牠「小俊」。

「小俊喵就是小俊喵！」

與俊一郎結下不解孽緣的曲矢刑警老是如此憤慨地強調，但小時候就算了，堂堂一名成年男性該用什麼表情叫出「小俊喵」才好？怎麼想都太丟臉了。

不過俊一郎跟小俊的感情絕對不差，反倒可說是十分要好。距今一年多前，他離開奈良外婆家獨自搬到東京，在神田的「產土大樓」創設「弦矢俊一郎偵探事務所」時，小俊居然隻身追來了，據說牠是靠著搭便車從奈良一路來到東京的。

自那以來，小俊就像是俊一郎的偵探助手。頂多只能說「像是」，畢竟牠只是一隻貓。但小俊時而大顯身手令委託人卸下心防，開金口吐露真心話。待人接物是這份工作避免不了的重要環節，俊一郎卻極度不善於與人溝通，這時小俊就成為暗中的一大助力。要是沒有小俊，他的偵探事務所搞不好早就關門大吉了。

話說回來，俊一郎的偵探事務所極為特殊，不，甚至可說是絕無僅有了。原因在於他並非一般的偵探，而是打著「死相學偵探」的名號。

他能夠看見人類身上出現的死相。

這是俊一郎自幼年即擁有的特殊能力，他曾因此遇上許多辛酸事。明明他沒有絲毫惡意，卻屢屢在說出對方身上顯現的死相後被捲進麻煩裡，還經常有人罵他「惡魔」、「死神」、「怪物」，在他內心留下陰影，使他逐漸難以信任人類。

一直在俊一郎身邊支持他的，是目前也依然住在奈良杏羅町的外公外婆。

外公弦矢駿作是位怪奇幻想系小說家，擁有一小群狂熱粉絲。他身為一個冷門作家卻能累積一批鐵粉，是出於一個很獨特的理由……因為他的作品實在太恐怖了。怪奇幻想小說嚇人是理所當然的，反而可以說是一種稱讚，不過弦矢駿作卻是個特例。讀者的感想多半是「這真的不是開玩笑的，太恐怖了」、「我很後悔看了這本書」、「這哪是小說，根本是真的」。

作為一位特立獨行的怪奇幻想作家，外公對於自家孫子的能力很感興趣，也勤於整理死相的種類並加以分析，為了多少幫上俊一郎的忙，近幾年他正在撰寫一部名為《死相學》的大部頭著作。

外婆弦矢愛是一位靈媒，對她敬愛有加的信徒們都尊稱她「愛染老師」。她的能力遍及各種領域，不管是尋找失物或者驅除邪靈都難不倒她。此外她的人脈十分廣，信徒裡不僅有鄰居小女孩及家庭主婦，也有大企業高層和政治家，不過無論來請她幫忙的人身分地位如何，她一律平等相待。在幫小朋友尋找丟失的玩具時，就算下一位委託人是警方幹部，也一樣面不改色地讓對方等候。而她那張壞嘴巴，銳利程度實在無人能及。

「愛染老師的個性實在是不好應付，但她的能力真的沒話說。」

只要是曾求助於外婆的人，多半都會一臉傷腦筋地如此感嘆，再笑著成為她忠實的信徒。一方面是因為她的特殊能力十分罕見，除此之外，那種讓人沒辦法真心恨她的人格特質想必也占了很大一部分原因。

如果俊一郎的內心有外婆這般強大，或許當初無論遇上多麼惡劣的對待，都能夠厚著臉皮活得好好的，可惜外婆遺傳給孫子的，只有特殊能力這一樣。不過外婆沒辦法看到他人身上的死相，而俊一郎除了這一點之外，也沒有繼承到外婆的各種能力。

「大概是一種隔代遺傳吧。只是，那個人沒有的死視能力，為什麼會出現在俊一郎身上呢？」

促使外公著手撰寫《死相學》的契機，或許就是這個疑問。順帶一提，「那個人」指的就是他的老婆，外婆。而「死視」，是外公為自家孫子的特殊能力所取的名稱。

俊一郎從小時候就住在杏羅町的家中，在外公外婆的關愛及教導下日益成長。差點忘了，當時仍是幼貓的小俊也是那個家重要的一分子。對於沒有同年紀玩伴的俊一郎而言，小俊就是他最好的朋友，時而扮演哥哥的角色，時而又是弟弟。

後來俊一郎開始協助外婆的「工作」。那也是一種修行，讓他鍛鍊出憑個人意志操控死視的能力，而直到多年後俊一郎才明瞭，當時的經驗也兼具了社會實習的功能，教導他待人接物的重要性及困難之處。

即便如此，俊一郎接觸到的幾乎都是外公外婆認識的人，也就是說，多半都是些一開始就對他抱持善意的人，至少也不會心懷敵意。

自家孫子待在這種有如溫室般的環境下，無論再過多久也不可能獨當一面。

外公似乎是體認到這一點，便慫恿俊一郎去東京，還建議他發揮死視的能力從事顧問業。最終拐到偵探這條路，則是俊一郎的靈光一閃。

於是，死相學偵探就此誕生。

他是個毫無經驗的菜鳥偵探，辦案模式又是從無前例的創舉，但靠著外婆廣大的人脈，倒是不愁沒委託人上門。只是在應對委託人及案件相關人員上，他實在是吃盡苦頭。俊一朗的性格清冷直率，不加修飾的講話方式經常招致誤解、惹怒對方，偵探本人卻又沒發現自己的問題，在這種場面中還拿出牛脾氣硬碰硬，這種時候，在雙方之間緩和氣氛的就是小俊。不知不覺中，小俊成為他最出色的偵探助手。

在歷經各種案件的磨練後，俊一郎也逐步成長。他雖然依舊不善於與人交際，但跟初到東京時相比，簡直有了天壤之別。

如果讓已經合作多起案件的曲矢發表評論，他想必會說：

「剛認識時，你就是個縮在自己的小世界裡，陰沉、傲慢，講話又難聽的討厭小鬼，幸虧我拿出我不入地獄誰入地獄的菩薩心腸，不屈不撓地找你交流，耐著性子照顧你，現在看來好像終於是沉穩多了。」

而俊一郎肯定會反駁：「是我在照顧你吧？」

實際上，曲矢之前負責的案件，最後全都是俊一郎解決的。只不過自從認識這位旁若無人的刑警後，與他人相處變得更加輕鬆也是事實。但俊一郎才不打算讓他知道，因為要是承認這一點，曲矢肯定會得意洋洋的。由此可見，兩人算得上是相互幫助的關係吧。

倘若圍繞在弦矢俊一郎身邊的僅有工作上的委託人或轄區刑警曲矢，幾乎不會出什麼亂子，但是……

在委託人身上看見的死相背後，似乎蒙著某個人物的陰影。不記得是從何時起，俊一郎的內心萌生了這個令人不安的猜疑。後來才發現，那個陰影實際上就是在死相學偵探的第一起案件——入谷家連續離奇死亡案時，已經藏身幕後作亂的那個傢伙……

黑術師。

那個問題人物的別名。他不僅擁有出類拔萃的特殊能力，擅長操縱多種邪惡咒術，整個人更是神祕無比、彷彿就是個謎。唯一能夠確定的只有一項駭人的事實……黑術師會捕捉到在人類內心中萌芽的惡意並加以增強，促使當事者犯下悽慘無比的案件，自己卻躲在陰影中暗自竊喜。

舉例來說，一個家族裡的人為了分遺產吵得不可開交，這時只要自己以外的繼承人變少，自己能拿到的那一份就會變大。在這種情況下，就算有人出現「誰都無所謂，去死一死吧」這種念頭，也絲毫不足為奇。這種事通常就是放在心裡想想，並不會真的化作行動，因此平常沒有人會發現，一切也就過去了。

然而黑術師卻能敏感察覺到這類人的存在，並且派心腹黑衣女子暗中接近，誘使對方心中的邪惡願望膨脹、擴大。而最終導致的結果是，在那一家人之間，發生了意在爭奪遺產繼承的連續殺人案。

這種情況下，黑術師會傳授某種咒術給凶手，通常是超越人類智慧又殘酷的殺人方法，不過凶手並不需要弄髒自己的雙手。即便有時為了施展咒術，他會需要接近受害者以滿足某些特定條件，但也就僅只於此。

一旦有機會不弄髒自己的手也能致對方於死地，人類竟然如此輕易就能成為殺人魔——簡直令人髮指，許多人前仆後繼自願成為黑術師的傀儡，輕輕鬆鬆就引發了一起又一起命案。

由於是透過咒術殺人，無論警方徹查多久，都找不出受害者是因何種行凶手法遇害的，有時甚至絞盡腦汁也無法證明這是他殺。這樣一來，警方也只能舉白旗投降了，案件著實陷入五里霧中。

而這些案子就在死相學偵探弦矢俊一郎手中一一解決了，可是，至今有一點依然成謎。

黑術師的動機。

在每起案件中，凶手既不須自己動手，也不用擔心會遭到警方逮捕，毫不費力就能坐享其成。然而黑術師又如何呢？他誘發這些案件，自身能獲得什麼好處嗎？

「怎麼想都覺得沒好處。」

俊一郎苦思後的答案，跟警視廳的「黑搜課」所推導出的結論一致。

黑搜課，是專門為了「追查黑術師」而暗地創建的單位。由於警方不能在檯面上承認「咒術」的存在，因此在官方組織架構中，這個單位並不存在，黑搜課也不過是個通稱。最高指揮官是新恒警部，其實曲矢也從原先的轄區調至黑搜課擔任搜查員，更精確地說，是「弦矢俊一郎的負責人」，但他本人似乎頗為不滿，死都不承認這件事。

黑術師沒有動機。

從這個結論能側寫出的唯一一種人物模型，就是從中找樂子的犯罪類型。放大人類心中的陰暗面，藉此引發案件後，躲在一旁暗自竊喜，覺得這種行為好玩得要命，再繼續物色下一位可憐蟲，派黑衣女子前去接觸。

很顯然地，黑術師絲毫不關心命案兇手今後的命運，無論他是逃亡躲避逮捕或是在法庭上被宣判死刑都無關緊要。黑術師肯定只把他當成自己的一顆棋子。

而俊一郎及黑搜課逐漸這麼認為，不知道為什麼，這位黑術師看起來有一個相當感興趣的人物。

正是死相學偵探弦矢俊一郎。

若是在這個前提下回顧過往案件，就會感覺黑術師似乎是刻意將俊一郎牽扯進來。黑搜課特地把曲矢調離原本崗位來負責俊一郎，也是出於這一層懷疑。

起初社會大眾幾乎不知道黑術師的存在，但打從自稱六蠱的兇手引發了獵奇連續殺人案起，網路上就開始出現討論黑術師的留言。不過一開始大家只當這是都市傳說，黑搜課也就靜觀其變。

沒想到才不過短短半年，情況就出現了天翻地覆的轉變，黑術師從毫無根據的都市傳說，變成了有狂熱崇拜者、受到敬仰的闇黑世界人物。

今年四月，黑術師策劃了一場將崇拜者齊聚一堂的神祕巴士旅行，俊一郎悄悄潛入其中……

結果卻意外陷入與至今截然不同的案件漩渦中，不僅要孤軍奮戰，又遇上名為「八獄之界」的咒術，情況十分艱難，導致他在肉體及精神上都疲憊不堪。出於某種原因，小俊也同樣身心俱疲，因此俊一郎彷彿回到童年時期般，又重溫每天和小俊一塊兒睡覺的日子。

以前俊一郎漸漸不再叫小俊「小俊喵」那陣子，晚上也就不再跟小俊一起睡了。一開始當然是很難熬，但他告訴自己這是邁向獨立的必經過程。這項習慣即使在搬到東京後也不曾改變。小俊總會想要伺機溜上床，不過俊一郎會關上房門阻擋牠。

可是在神祕巴士旅行的案件後，一人一貓自然地共享床鋪。俊一郎並沒有積極邀請牠，小俊也沒有強行入侵，他們就只是理所當然般地窩在一起。

俊一郎深信自己能夠順利復原，就是因為這個原因。當然外公外婆、曲矢、新恒、曲矢的妹妹亞弓盡心盡力的照料也是一部分原因，但最能撫慰自己的依然是小俊。正因為小俊就睡在身旁，他才能安心入眠。

現在，小俊也完全恢復精神了……

咦？

俊一郎驀然驚覺。仔細想想，小俊白天時的狀態已經跟原本相差無幾了，可是每次到要睡覺前，就會喵、喵地發出虛弱又撒嬌的叫聲，簡直就像要誘發他的同情心一樣……

當天下午，俊一郎吃完午餐、散步回事務所後，陪小俊玩了一會兒。那件案子過後，他不太有精力顧及小俊，因此小俊顯得貓心大悅。但他其實是有目的的。他算好時機，冷不防這麼說：

「喂，小俊，你已經沒事了吧。」

原本前一刻還活蹦亂跳的小俊，馬上發出「喵嗚……」無精打采的叫聲，像個消了氣的氣球癱軟在地板上，好似在反駁他沒這回事。

「你呀，這種三腳貓的演技就免了吧。」

喵、喵。

但小俊鍥而不捨地繼續裝柔弱，可是見到俊一郎絲毫不為所動後，牠便一翻身輕巧坐好，彷彿剛剛什麼都沒發生過，頻頻舔舐身體各處。

「好，從今天晚上開始，不准你再跟我一起睡了。」

俊一郎鄭重宣布時，小俊依然故我地舔著身體，就像在說「我什麼都沒聽到」。

那天夜裡，俊一郎用事務所的電腦連上某家海鮮食品廠商的網頁，點開竹葉魚板的照片，趁小俊看得忘我時，趕緊溜進寢室關上門。他使出絕招，用小俊最愛吃的竹葉魚板請君入甕。

小俊發現自己中計後，氣得火冒三丈，發出「嗷～～嗚」這種宛如來自地底的低吼聲，跑到寢室門口，俊一郎卻打死不開門，就算後來叫聲轉為撒嬌的喵喵聲，房門依然關得緊緊的。

接下來，每晚都要上演一次這齣鬧劇。到了第三天，小俊自然有了戒備。不過只要找其他家廠商的竹葉魚板給牠看，牠就立刻又掉進同樣的陷阱。偶爾會展露驚人能力，令俊一郎忍不住驚呼「這傢伙該不會是妖貓吧？」的小俊，一碰到竹葉魚板就跟普通的貓咪沒有兩樣，輕易就上當了。

昨晚也上演了一次同樣的劇碼，甚至今早小俊喵喵叫抗議的這個環節，也跟幾天來的流程如出一轍。不同之處只有早餐後，來了一位新的委託人。

偵探事務所的大門響起敲門聲，剛享用完早餐後咖啡的俊一郎揚聲喊「請進」後，一位看起來年紀略長於他的女性走了進來。

「這是推薦信。」

她朝走來門邊招呼的俊一郎遞出一個信封，語調清冷地一如那張美麗的臉龐。

「請您稍等，容我先看一下。」

要是事務所剛開幕時的俊一郎，肯定只會默不作聲地收下來。光是多加了這一句話，就能窺見他成長了多少。

「哦～」

只不過，他瞄了一眼推薦人姓名，發現是他也很熟悉的某位警察後，便不經意流露出半是敬佩半是揶揄的反應，看來他可能還有許多進步的空間。

但委託人也不是省油的燈。

「您該不會說不滿意這位推薦人吧？」

「假設我說不行，您會去找警方的其他人寫推薦信嗎？」

「不會，我只相信他。」

她清楚表明立場後——

「請問這樣算是過關了嗎？」

俊一郎伸手邀請她在客用沙發坐下，代替了口頭回答。

「我叫沙紅螺。」

等俊一郎在自己面前坐下來後，她開口自我介紹，卻聽不出來那是姓氏還是名字。聽她解釋了漢字後感覺大概是名字，但她為什麼不提自己的姓氏呢？

「我是弦矢俊一郎。」

對方輕輕點頭致意，俊一郎也跟著打聲招呼。

「偵探先生，其實我們同年，接下來說話時不要那麼拘謹行嗎？」

她突如其來的提議，加上俊一郎原本認為對方年紀比自己大的認知突然被打破，他腦中頓時有些混亂。

「……您的提議也不是不行。」

「你看，不是『您的提議』，『妳的提議』就好了吧？」

「我、我知道了。」

這時俊一郎腦中浮現了外婆的臉孔，不僅這種強勢的態度很相像，外婆又老愛把自己年輕時是位美女這句話掛在嘴上，因此兩人的模樣才瞬間重疊了吧。

這個人……大概是我不擅長應付的類型。

俊一郎忍不住在內心發牢騷。要是以前，這種情緒想必就直接寫在臉上了，不過，在現實的磨練下，他已經學會如何妥善掩飾。

「那麼，沙紅螺小姐，請問妳最近有發生什麼事，讓妳萌生自己死期將近的恐懼嗎？」

俊一郎趁著想避開這個人的念頭還沒發酵，單刀直入點出最關鍵的問題所在。

「你只要用死視看一下我，立刻就會明白。」

她講話實在有夠直接。

乖乖接受提議，甚至是讓對方主導談話節奏，都並非俊一郎所樂見的情況，不過他早就從過往經驗中學到，在對情況一無所知的狀態下觀察委託人的死相極為重要，因此最後仍決定閉上嘴，按照她的話去做。

用死視觀察他人。

為了使用這項特殊能力，必須要將自己的雙眼切換到「看」的狀態，換言之就是從平常「不看」的狀態改成「看」，也就像打開或關掉開關一樣。過去他開始協助外婆的工作時，第一件學會的事情就是這個切換的方法。

在那之前，俊一郎無時無刻都處於「看」的狀態。下場便是無論他願意與否，都會看見出現在他人身上的死相，不經意就會瞥見，被迫看見那些不祥的畫面。對於當時年紀尚小的他而言，這種狀況簡直就是地獄。

因此在學會「看／不看」時，他真心感到自己獲得了救贖，高興到都快飛起來了。

然而或許是童年經驗留下了後遺症，他有時會忽然畏懼「看見」這件事，就連以死相學偵探的身分開了這家事務所後，這種感受偶爾也會浮現心頭。光是稍微想像一下用死視觀察後，不曉得會看到多麼恐怖的死相，就覺得要承受不住了。死視這項特殊能力，簡直像是惡魔的能力。

而此刻，就是那個偶爾。

偏偏在這種時候……絕不能讓她發覺自己脆弱的這一面。委託人又這麼強勢，俊一郎簡直都想打退堂鼓了。

「隨時開始都可以喔。」

更何況對方的神態就如小和尚般從容自若。

委託人通常都會對死視感到害怕，就像是「去看醫生就會發現自己生病了，打死不去」這種莫名其妙的想法，大家對於死視似乎也抱持著類似的感受。或者也能說相當接近那些深信「拍照後魂魄就會被偷走」的古代人所體會到的恐懼吧。

「如果不先看見你身上的死相，那我愛莫能助。」

總要俊一郎出言規勸，才心不甘情不願地下定決心。與這類委託人相比，沙紅螺從一開始就展現出超凡膽量，反倒是他顯得躊躇不前。

「已經開始了嗎？」

俊一郎明知她只是在單純詢問，並非看穿了自己的猶豫，心裡卻仍不免感到狼狽。

「……請、請保持安靜，我需要集中精神。」

他脫口說出謊言，而她臉上瞬間閃過做錯事的表情，趕緊端正坐好。她神情的轉變莫名討喜，俊一郎差點就要笑出來了。

他緩緩調整坐姿，將死視從「不看」切換到「看」。

率先映入眼簾的畫面是，沙紅螺全身都覆蓋著一層宛如紫色薄紗的東西，看起來卻又不像是布，證據就是，紫色薄膜四處都細碎蠢動著，可能用流動來形容更為貼切。

外公在《死相學》中針對俊一郎看到的死相進行詳細分類時，首先就是依據「外型」及「顏色」來作區隔。

從俊一郎的經驗來看，外型經常會透露出委託人「將來的死因」。在粗黑管狀物纏繞身體的案例中，那個外型暗示了車禍。後來他發現當初看見的畫面是卡車輪胎輾過的痕跡，不過這算是容易辨識的案例。大部分案件中，要去推理出外觀形狀所代表的含意，往往令俊一郎煞費苦心，而且判別方式還會因對象而改變，因此就算同樣都代表汽車的輪胎痕跡，他也沒辦法立刻斷定一切。在這層意義上，過往案例也可以說其實幫助並不大。

另一大類別顏色則相反。隨著案例增加，《死相學》的原稿成了珍貴的資料庫。他們已逐漸明白每個死相的色彩大致上代表了什麼，每種顏色又隱含了什麼樣的意義。

在色彩分類中，黑色、紅色及紫色表示「死亡」本身。既然都稱為死相了，看見死亡預兆自然不足為奇，但這三種顏色是特別的，因為這時令委託人受到死亡威脅的因素往往是謀殺或詛咒。

不過，如果只有紫色薄紗的話……

現在應該還稱不上是強烈的死相。正當俊一郎如此判斷時，沙紅螺的左眼眼角有什麼東西汩汩流出。

……她在哭嗎？

他還在詫異時，那些宛如眼淚般的東西已霎時染上鮮紅色彩。

血淚！

他寒毛直豎，縮了縮身子，這時右眼眼角也同樣淌下了血淚。

這究竟是……

儘管俊一郎極力保持冷靜，臉上仍舊閃過一瞬間的驚慌失措。

大概是注意到他的表情變化，沙紅螺反射性想開口說話，結果這次鮮血從兩邊嘴角不停流出，滑過下巴、滴落。

緊接著她的雙耳跟鼻孔都相繼湧出鮮血，而且出血量有逐漸增加的趨勢。鮮血傾瀉而出的速度非常快，要是置之不理，她肯定會死於失血過多。

……我不想看。

「你還好嗎？」

……我不想再看了。

「欸，弦矢？」

……我看不下去了。

「你振作一點！」

沙紅螺尖銳的叫聲震動耳膜的那瞬間，俊一郎下意識將死視切換到「不看」的模式。

「你沒事吧？要不要躺一下？」

她像是要立刻過來這一側的沙發照顧自己似地，俊一郎抬起手制止她，出言婉拒。

「……我、我沒事。」

然後他便不再開口，一直觀察自己的情況，直到身心都平穩下來為止。沙紅螺似乎也察覺到這一點，即便目光中依然透著擔憂，卻一句話也沒說地配合他。

「……呼……剛剛不好意思。」

一會兒後，俊一郎大大吁了一口氣，看來已重新恢復了冷靜，

「接下來麻煩妳詳細告訴我究竟發生了什麼事。」

「嗯，我知道了。」

沙紅螺同意後，先是觀察了一下他的情況，然後——

「我接下來要說的話不太尋常，你起初可能會有很多疑問，不過請你耐心聽到最後。」

她說了這句開場白，才開始淡淡陳述令人一時難以置信的內容。

二　DARK MATTER研究所

沙紅螺來自千葉，小學畢業前都住在同一個地方。母親生病過世是她人生的轉捩點，從國一起，她就獨自在神奈川縣的「覺張學園都市」生活。

話雖如此，母親離世只不過是個引爆點，她的生活之所以會發生天翻地覆的巨變，主要原因在於她自懂事起就擁有的一種奇妙能力。

預知。

一種有如預感般的能力。

無論是誰都曾有過「今天好不想去公司或學校」、「我跟他約好了，但總覺得不太想去碰面了」，事到臨頭時忽然改變主意的經驗。通常只是心情善變，就算最終還是去了公司或學校、去見了對方，也不會發生任何災難、順利度過。然而，一旦在上班或上學途中遇上意外，或者如期赴約卻發生了不愉快的事，就會回過頭來認為「當時的預感果然是對的」。

然而，儘管當事者相信這是「預感」，其實卻沒有具體的根據，從旁觀者的眼光來看，這些例子多半會讓人感覺「只是恰巧吧」。畢竟，「不想做什麼事了」這種念頭誰都會有呀。

不過，接下來的這種實際經歷或許就不同了。

某位從事設計工作的男性，高中時要出發去畢業旅行當天早上，媽媽突如其來地冒出一句「你別去」。事情來的太過突然，他難免嚇了一跳，詢問媽媽這麼要求的理由，結果本人也不曉得為什麼，只說是強烈感覺到「千萬不能去」。

這樣的行為舉止不太像媽媽平常的風格，他自然有些在意，但是畢業旅行一輩子只有一次，儘管媽媽說「你別去」希望阻止他，他也不可能就這麼乖乖聽話。

他對挽留自己的媽媽保證「我會小心」，就滿心期待地出門了。結果，畢業旅行住的旅館發生火災，他半身嚴重燒傷。

這個故事之所以令人感到裡頭的「預感」可能是真實的，原因或許就在於媽媽平日的言行舉止並沒有任何古怪之處吧。更何況出現預感的是媽媽，關心的對象是兒子，更讓人覺得頗有說服力。

沙紅螺的預感也類似於這位母親，不過她的情況更加具體。她在記憶所及的範圍內，舉出了下面的例子。

某天早上，爸爸正要離開公寓去上班時，沙紅螺脫口說出「鞋子」。結果在電車上，有一位穿著高跟鞋的女性踩到爸爸的鞋尖，害他大拇趾的趾甲都裂開了。

幼稚園的遊樂區裡，沙紅螺和朋友正在沙坑玩耍時，有一個叫作健也的小男孩從旁邊經過。她的目光追著那男孩跑了一會兒，低聲說出「盪鞦韆」，不過他卻爬上溜滑梯玩了起來。沙紅螺回頭與朋友繼續玩沙，過了一會兒，附近忽然傳來一陣喧譁聲，她轉頭去看，發現健也從盪鞦韆上跌了下來。

某個冬季午後，阿姨帶小表妹來家裡，她盯著小表妹幾秒，大叫「紅通通」。後來小表妹在阿姨視線移到其他地方時，突然伸手去摸石油暖爐的防風板，差點就要碰到燒得紅通通的爐心了，幸好媽媽一直特別留意，這次才得以防範未然。

媽媽跟要好的鄰居阿姨站著聊了一會兒天，道別時沙紅螺對那位阿姨說了「長棍」。結果阿姨回家路上經過一棟正在改建的住宅時，鷹架猝不及防地掉下一根細長鐵棍，擦過她的左手臂，上衣破了，人幸好只受了輕傷。

又有一次媽媽正要出門買東西時，沙紅螺出言警告「車子」，媽媽便不去了。當天媽媽去超市固定經過的路上，發生了一起傷及路人的車禍。

——這些不可思議的經驗實在多到數不清，特別是在沙紅螺小時候。但也不是她長大後這種事情就沒了，只是隨著年紀增長，她說出口的次數漸漸少了，能夠確認是否準確命中的例子也就減少了。

為什麼沙紅螺後來不再說出自己的預感呢？

弦矢俊一郎在聽她陳述的過程中，領悟到那個理由與自己的死視極為相近。

沙紅螺是擔心對方才好意提醒，當事者卻未必會這麼認為，不少人反而會怪罪出言警告的她害自己遇上橫禍。發生過幾次不愉快之後，她就逐漸看清現實人心。雖然情況沒有糟糕到像俊一郎那樣被罵「惡魔」或「死神」，但要是她繼續將浮現心中的預感說出口，或許有一天也將受到這種對待。

在她親近的人中，她爸爸就是個好例子。爸爸經常責怪她，「都是因為妳講了那種奇怪的話啦」，雖然每次媽媽都會替她說話「她是擔心你……」，爸爸卻聽不進去。

既然會得到這種不講理的回應，那不如別管他人，只預知自己的事就好了，然而很諷刺地，這是不可能的，她的預知能力頂多僅能對第三者發揮作用。

媽媽會生病過世——這種預感沙紅螺也早就有了，可是她卻沒能救回媽媽——過一陣子後的某個週末，爸爸突然向她介紹一位身穿西裝、年紀約五十上下，名字相當稀奇叫作「海松谷」的男性，說兩人已經見過幾次面，把細節都談妥了，剩下就看她怎麼想。

沙紅螺在聽了海松谷的說明後，不禁懷疑起自己的耳朵。在覺張學園都市裡，有一間特殊的研究所，專門收容像她這樣擁有「特殊能力」的小朋友。那裡不僅會免費提供食宿和衣服，也會配合年紀提供與一般學校相同的課程，當然也能取得國中及高中的畢業資格。

代價就是必須成為研究所的一員，接受提升自身能力的訓練。話雖如此，並非什麼太過辛苦或太嚴格的內容，就像是學校的社團活動一樣。

沙紅螺其實有一點害怕，但同時這也激起了她的好奇心。如果媽媽還活著，她大概不會願意離開父母身邊吧。然而海松谷所擔憂的「不過以後妳就要跟爸爸分隔兩地」這一點，反倒促使她下定決心。

揮別爸爸前往覺張學園都市後，沙紅螺就在學生宿舍般的設施裡展開新生活。倘若有特殊理由並獲得允許，也可以住在學園都市裡的集合住宅獨自過活，不過連同沙紅螺在內，沒有任何一個人搬出宿舍。因為她們每個人都有自己專屬的房間，每天還供應三餐，滿十八歲必須遷離宿舍時，幾乎所有人都希望能繼續留下來。

她每天都從這棟宿舍前往名為「DARK MATTER研究所」的機構，在那裡學習國中的課程並且接受增強自身能力的訓練，這是例行公事。

DARK MATTER翻譯為「暗黑物質」，意指一種被認為存在於宇宙空間中的理論上的物質。不過這間研究所並非針對「暗黑物質」進行學術調查的機構，而是在研究像沙紅螺這樣擁有超能力的孩子們的能力。從名稱與實務內容差距甚遠這一點即可看出，研究所內的一切皆是機密。

為了隱藏真相，研究所選擇設在學園都市內，這裡也有其他許多進行特殊研究的機構，相關內容被奉為最高機密的情況也所在多有。想要掩飾這間奇特的研究所，這裡簡直是再恰當不過的地點。此外又放出風聲說研究所是收留離職官僚的「公家單位」，再多加了一層掩護。因此在學園都市工作、居住的人們都不曉得這間研究所的真面目。

沙紅螺說到這裡，就拒絕再透露更多關於DARK MATTER研究所的資訊以及在那裡的經歷。

「妳是委託人，我是偵探。」

俊一郎耐著性子解釋。

「而且還是死相學偵探，要透過觀察他人的死相徹底查明將來的死因，極為特殊的一種偵探。所以我如果要解明案件真相，就必須充分理解委託人的情況。就算說是機密，如果妳對自己的背景多有保留，我調查起來就會綁手綁腳的。」

「說的也是，我明白了。」

沙紅螺點頭表示認同，便開口繼續往下說。

據說這間研究所是由某個國家單位及幾家民營大企業在營運，海松谷是研究所的院長，同時也是一名公務員，但研究所的職員中也有各家企業的員工。光是這樣便能曉得，其中的利害關係十分複雜。

不過並沒有人將這些重要事實告知沙紅螺等人，當然，她們過去也沒什麼興趣了解。那些孩子多半與自己家人的關係都有一些狀況，而原因就出在每個人具備的特殊能力。更準確地說，擁有特殊能力的孩子在雙親或祖父母的心中，就是不知該如何養育的燙手山芋，而有時本人的兄弟姊妹也這麼認為。就沙紅螺的情況而言，那個人就是爸爸。

儘管個人情況有所差異，這些孩子卻都在類似的環境中長大，因此能夠離開家裡，他們其實都鬆了一口氣。比起不曉得即將被帶往何方的擔憂，有一個地方願意接納自己這一點對他們更加重要。

只是隨著年齡增長，沙紅螺開始萌生這樣的想法。

被延攬到這間研究所的，該不會只有與家人相處不順利的孩子吧？

要是當初媽媽還活著，她也不會過來，是因為後來變成得跟爸爸相依為命，她才樂意離開家的。

海松谷所長肯定是全都挑選遭遇相同的孩子，畢竟這樣跟監護人談話時，事情也比較容易順利。

雖然大家都一起住在學生宿舍，沙紅螺對其他孩子的出身依然一無所知。就算感情越來越要好，這一點從不曾改變。因為不管在宿舍或研究所，都瀰漫著一股「別問得太深入」的無聲共識。

說起來，「沙紅螺」也是假名。在海松谷事先告知「以後會需要一個類似網路上的暱稱用來相互稱呼，妳可以先想一下自己喜歡什麼名字」後，她自己決定的，其他孩子也都一樣。

會建構一個自己不用本名，機構也不讓她們用本名的環境，想來是由於研究所需要保密孩子們的個資。

俊一郎聽到這裡，頓覺驚恐。在黑術師策劃的那趟巴士之旅裡，參加者彼此也是用暱稱互相稱呼。一想起那段令人毛骨悚然的回憶，他就渾身不舒服，決定將這當成一個偶然，不過……

即使一同生活的孩子連本名都保密到家，隨著日漸習慣學生宿舍的生活及研究所的「課程」及「訓練」後，自然能察覺到越來越多的蛛絲馬跡。在跟熟識的職員閒聊時，對方偶爾也會不經意透露出一些訊息。因為面對的都是孩子，不小心就鬆懈了。而學生宿舍的員工跟研究所沒有任何關係，從這一條線沒辦法獲取絲毫有用資訊。

當時還是小孩的沙紅螺等人，光靠這些方式能得知的事情有限。她們身邊其實環繞著無數只要大人不主動告知，靠自己怎麼都想不到的各種問題。

不過沙紅螺這群人裡頭，有雛狐在。她是個可靠的夥伴，拜她所賜，偶爾得以窺見那些原本絕對無從刺探的秘密。因為雛狐具備了一種特殊的能力。

讀心術。

她能夠讀取他人內心的想法，不過沒辦法自由挑選時間、場所及對象，算不上萬能，總會有一些限制形成阻礙。

這一點沙紅螺也相同，只是，她是在來到研究所後才知道這項事實的，要啟動預知能力，對象僅限於她感到親近的人物。

首先符合的自然是爸媽。幼稚園的健也，是她的初戀對象。她雖然不擅長應付阿姨，但非常喜歡小表妹。而附近的阿姨從媽媽口中得知沙紅螺的力量後就相信了，當時才會特別留心。

雛狐能夠施展讀心術的對象，也同樣需要特定的條件。至於具體情況，沙紅螺草草帶過，俊一郎也沒有深入追問。

因此研究所的職員與她相處時，感覺起來都比起接觸其他孩子時要小心得多。然而防備不可能滴水不漏，屢屢讓她成功捕捉到職員的思考片段。

這項算是「微小抵抗」的行為，也受到比雛狐小兩歲的火印及阿倍留這對雙胞胎兄弟的大力支援。火印是哥哥，阿倍留是弟弟，他們是異卵雙胞胎，兩個人的外貌並不相像。豈止不相像，弟弟是位美少年，那副纖瘦身材怎麼看都像個國中生，哥哥的長相卻不出色，外觀看起來已經像個大人了。

即使外表截然不同，兩人之間卻存在著一股特別的力量。

心電感應。

火印在腦海中描繪的畫面或話語，阿倍留能夠接收得到，一種心有靈犀。即便哥哥與弟弟分別進入不同房間，也依然能夠發揮。如果一方待在室內，一方去戶外，也同樣沒有困難，不過有距離上的限制，這一點沙紅螺也含糊帶過。

不過有一個大問題，阿倍留個性極為沉默寡言。他跟火印交談無礙，但也僅限於哥哥主動找他講話的時候。要是把他丟著不管，阿倍留就能一直都不作聲。如果哥哥之外的人向他搭話，他也完全不會回應，就算對方是研究所的職員也一樣。

假設火印身處A地點，阿倍留待在B地點，就算在A地點的火印能將所見所聞傳達給位於B地點的阿倍留，只要他不願意開口，第三者還是無從得知消息。結果必須等到火印來到B地點，詢問阿倍留收到什麼訊息，才能夠確認心電感應成功了。

「以實驗來說算是有成果，但這樣沒辦法用在實戰上。」

研究所職員稱呼為「主任」，名叫「海浮」的女性主管大大嘆了一口氣。雛狐「讀取」到她的反應。

有可能不要從火印傳給阿倍留，而是反過來讓弟弟發送心電感應給哥哥嗎？似乎相當困難。不過，其實實際上是能稍微做到的，只是職員們不曉得。

孩子們多半都曉得這項事實，卻全都閉口不提。原因在於如果反過來做，兩人都會疲憊不堪。要是那些職員知道反過來也行，一定會勉強他們。在那群孩子們之間，當然會有「跟誰很要好，但討厭誰」的情況，不過沒有人會出賣其他夥伴。

火印與阿倍留確實偶爾會反過來施展能力，就在刺探那群職員的言行舉止時。個性文靜總是默不作聲的阿倍留，只要沒有火印在身旁，真的就像空氣一樣沒有任何存在感。所以即便他就在旁邊，職員們也很容易鬆懈心防，這時不留神透露出的重要訊息，就會由阿倍留傳給火印。

雛狐及火印阿倍留這對兄弟所獲取的資訊，由所有孩子共享，促使他們對自己身處的特殊狀況有一定的了解。

這時，俊一郎無法按捺好奇心地提出了一個疑問。

「剛剛妳提到實戰這個詞，至今妳們的能力有在實驗以外的場合試驗過嗎？」

據說美國軍方及ＣＩＡ過去曾熱衷於研究超能力，並實際運用在軍事活動上。日本從事軍事應用的可能性應該相當低，不過既然國家及民營企業投注巨資在研究上，就不可能不期望相應的回報。想到這一點，俊一郎就渴望多了解一些，才會問了那個問題。

「當然，好多次。」

沙紅螺回答地十分乾脆。只是她究竟經歷了何種實戰，結果又是如何，這類關鍵資訊似乎不能洩漏，其他孩子的實戰內容也是一樣。

「說到這裡，你應該有一點了解我們身處的背景了？」

面對她的詢問，俊一郎略帶不滿地回——

「就算我請妳再說得詳細點，接下來也肯定都是些不能講的機密吧。」

「嗯，你真是明事理。我話先說在前頭，不管是研究所或職員，在那裡面的學習及研究，或者是學生宿舍的事情，應該都跟這次的委託沒什麼關係。所以就算你聽了，大概也只是浪費時間。」

讓人擅自斷定的感覺不太愉快，不過待會兒在了解委託內容時，萬一碰上了感覺需要問清楚的地方，管他是不是祕密都追問到底就好了。只要說如果妳隱瞞就會影響到解決案件的成效，沙紅螺也不得不設法應對。

俊一郎暗自如此盤算後，便請她往下講。

「那差不多該來談談妳為什麼認為自己身上會出現死相的理由了。」

「一切的契機是經費縮減。」

沙紅螺的口中說出了一個令人忍不住懷疑起自己耳朵的答案。

「妳是指研究所的預算遭到刪減嗎？」

她點頭，同時補上一句難以置信的說明。

「有人為了減少人事費用，打算要殺了我。」

三　超能力者們

一切事情的開端，是沙紅螺造訪弦矢俊一郎偵探事務所的六天前，雛狐讀取了DARK MATTER研究所院長海松谷及海浮主任的內心。

其實幾個月前，沙紅螺她們便注意到研究所內的氣氛隱約不太對勁，這感受並非來自她們的特殊能力，而是多年在研究所內跑跳的經驗，讓她們察覺到蛛絲馬跡。

於是便拜託雛狐去查一下，才獲知了一項驚人的消息。

據說由於研究所的預算將遭到大幅削減，近期內將會精簡人事。對象不僅限於職員，也包含了「年長組」的沙紅螺這七人。

在研究所裡，住在學生宿舍的孩子們稱為「年少組」，滿十八歲搬離宿舍的則叫作「年長組」以示區隔。前者還需要上課，訓練時間自然會與後者錯開，相互之間幾乎沒有交流。

在這兩個組別中，似乎只有年長組將成為裁減人員的對象。

「為什麼？我們才是經過詳細研究過的那群唄？」

早就徹底暴露自己來自關西的「看優」失控驚呼。有親和力又朝氣十足是她的優點，卻經常搞不清楚情況。如果要用四個字來形容她，大概就是「慌張冒失」吧。

此刻，她們所在的地點是沙紅螺在集合住宅內租的房間，年齡大小則依照沙紅螺、雛狐、看優的順序遞減一歲。

「好像啦……」

雛狐彷彿遭到責難的是自己似地語帶歉意。

「反而是我們會遭到嚴格精簡的樣子……」

「他們認為我們沒什麼指望了吧？」

沙紅螺表現出理解，看優則不同。

「這是什麼意思？」

「也就是說，他們現在要將他們認定沒辦法在實戰派上用場的人丟掉了。」

「怎麼可以……」

看優貌似受到相當大的打擊。

「真要這樣，我大概第一個就會被趕走。」

她擁有的能力十分特殊，第一次發揮出來是在她還沒上幼稚園之前。

那一天，看優拿蠟筆在報紙裡夾的廣告傳單背面空白處塗鴉，但背面是空白的廣告傳單並不多，一下子就畫完了。她不僅還沒畫夠，還想畫更大的圖。

稍晚媽媽買東西回來時，看優正握著蠟筆，將和室拉門當作畫布盡情揮灑。

「妳在做什麼！」

聽到媽媽的大聲怒吼後，看優才意識到自己鑄下大錯，這下媽媽肯定會勃然大怒。那樣太恐怖了，必須想辦法遮起來——她內心的這個念頭十分強烈，卻不曉得該怎麼辦才好。

正當她陷入絕望時，媽媽突然安靜了。前一秒還在凶神惡煞地發脾氣，此刻卻露出茫然的神情。

「……看優，妳剛剛，有在這裡，畫圖，對吧？」

媽媽說得斷斷續續，目光緊盯著手指著的拉門，塗鴉竟然消失了。為什麼？完全搞不懂發生了什麼事。但眼前的拉門確實乾乾淨淨的，絲毫沒有塗鴉的痕跡。

看優搖搖頭，怯生生地拿起用蠟筆畫過的廣告傳單給媽媽看。

「啊，妳是畫在廣告傳單上。對不起喔。」

媽媽勉強擠出笑容，隻手扶額。

「……媽媽可能是有點累了。」

這時，看優大概自出生以來第一次體會到什麼叫作罪惡感。她內心深切反省，自己對媽媽做了壞事，卻依然沒有坦承其實自己有在拉門上畫圖，想必是太過害怕媽媽會發火了。

而且老實說，她根本不知道該怎麼做才能讓塗鴉再次出現。更重要的是，為什麼拉門會突然變回原本的乾淨狀態？這根本是個不可思議的謎。

當天晚上爸爸回家後，全家一起吃晚飯，媽媽和看優的心情都平靜下來，拉門上的畫就出現了。第一個發現的人是爸爸，「喂喂，怎麼又搞得這麼髒」的聲音從和室傳來。媽媽問「你說什麼？」和看優一起從廚房向和室走去，結果兩人都瞠目結舌地盯著拉門。

媽媽沒有生氣，只是詢問她，於是她便說了實話。

「……看優，妳是什麼時候畫這個的？」

「果然是這樣。」

媽媽恍然大悟，同時也感到迷惑和畏懼。

看優這項令人驚異的能力，後來也曾施展過幾次，但次數非常少，必須要在她陷入靠自身意志無法解決的困境時，才會發動這個力量。

而她是在小學三四年級時，才終於明白自身特殊能力的本質。一方面是她當時實在太小了，發生的次數又少，才沒辦法釐清一切。

爸爸對女兒的能力絲毫不關心，媽媽則明顯感到害怕，便將全副心思都轉移到年幼的弟弟身上，逐漸避著看優。

看優來研究所之前，家裡究竟發生了什麼事，沙紅螺當然不知情。不管大家多麼要好，也沒有任何一個人會主動提及家裡的情況。

看優在研究所接受訓練後，開始有能力憑著自主意志讓第三者看見幻覺，並且可以同時讓不特定多數的人一起看見。只是不管怎麼努力，對方跟她之間的關係、距離及情感總會大幅影響結果。

這個意思是，至少人物A要在意她這個人，她跟A的距離要在十幾公尺內，而且幻覺內容也是A所期望的狀況——如果這幾項條件沒有同時滿足，她的能力就無法發揮。

「但實戰中，對方通常是初次見面的人。突然就必須在眾多觀眾面前，讓他看見幻覺，我雖然看過他的資料，實際上根本不認識他呀。叫我在這種情況下發動幻覺，實在是辦不到。」

看優語氣絕望，沙紅螺和雛狐也只能默然點頭。

「這樣一來，我根本就派不上用場。」

「……但是妳也有成功過不是嗎？」

「而且我的評價比妳低耶……」

雛狐小心翼翼地提出，但看優仍舊十分消沉。

「可是雛狐，所長這麼愛妳。」

比起看中她的能力，更像是將她當成自己女兒的感覺。這一點似乎本人也有所察覺，便說不出反駁的話。

「要說實戰上有問題，那火印跟阿倍留也一樣吧？」

一旁的沙紅螺也開口幫腔，然而……

「那兩個人——特別是阿倍留，是海浮主任的心頭好呀。別說實戰了，就算在訓練時一直失敗，主任也都不會生氣，和我根本天差地遠。畢竟我能力差，又沒人偏愛。」

卻完全沒有效果，於是她趕緊接著說：

「不會啦，要是年長組有人得被開除，怎麼想候補第一名都是翔太郎才對。」

「他就是個冒牌貨。」

沙紅螺這次的話，看優似乎終於聽進去了。

翔太郎的特殊能力是念動力，在雙手不觸碰目標物體的狀態下讓它移動，不過從沙紅螺看來，那完全是一場詐欺。

「畢竟那傢伙擅長的只有彎曲湯匙而已。」

「那是真的嗎？」

「……聽說是。」

「其他實驗幾乎全都失敗這件事也是真的嗎？」

「我是沒有親眼證實，但很早以前就有這種傳言了，看優，妳不也聽過嗎？」

「嗯，誇張的是他還完全看不起其他人。」

「對呀，就連我——」

「沒有吧，沙紅螺，他也不得不認同妳和紗椰的實力。我和雛狐就真的是被看扁了，身上已經貼著沒用的標籤。」

「真沒禮貌耶。他自己才是個無能的傢伙。」

「他對火印跟阿倍留的評價也差不多，只是沒我們這麼慘，應該還是受到他男尊女卑的觀念導致。」

「他到底是哪個時代的人呀？真希望他趕快閃人。」

「不過他這副德性還能一直賴在研究所裡——」

「聽說是因為他爸媽資助研究所很多錢，這個傳聞也是真的吧。做到這種地步也想待在研究所，只是想藉著『我有超能力』這件事證明自己是特別的人種而已，實在有夠蠢的。」

「貨真價實的超能力者才不會拿這種事說嘴。」

「還有就是他電腦阿宅那一面很受職員青睞，但這種事明明就應該請專業人員解決。」

「但最近好像他爸媽的資金也停下來了。」

雛狐的個性雖然較兩人文靜，顧慮也比較多，偶爾卻會吐出這種令人意外的發言，絕非能小覷的對象。沙紅螺從以前就一直這麼想。

「這樣呀。那最可能被踢出去的傢伙果然就是他。」

「反之，會留到最後的應該是紗椰吧？」

看優不經意說道，沙紅螺聽了便面露不悅。

因為在年長組中，同年的紗椰不僅在特殊能力上，就連在容貌上都長年與沙紅螺互爭一二。

紗椰的特殊能力是透視，而且相當優秀，在過往實戰上展現出的成果是最好的，這一點就連沙紅螺都無法否認。不過沙紅螺就是沒辦法對她有好感，因為她太以自身能力及美貌為傲，看不起其他年長組的成員。

其中當然也包含了翔太朗——甚至他應該是最被瞧不起的那個——可是面對頻頻主動示好的翔太朗，紗椰卻總是表現出引人遐想的曖昧態度。或許她很喜歡這種讓人百般奉承的感覺吧。

紗椰那種惺惺作態的模樣，看在第一次就明確拒絕翔太朗的沙紅螺眼裡，只覺得很噁心。

「我了解的只有這裡的世界……要是被趕出去，我一定馬上就活不下去了。」

早的人是在小學，最晚的也頂多是讀國中時，她們相繼告別家人搬進學生宿舍，開始往返研究所的生活。在這層意義上，每個人都算是不知世事。宿舍職員親切溫暖，在研究所學習的內容與公立小學或國中相比，應該也不見遜色。

但是自己這群人處在一個封閉的世界裡。

不知從何時起，沙紅螺清楚體認到這一點。她們並非沒有自由，也可以隨時去學園都市內走動，而且滿十八歲要搬離學生宿舍時，也能選擇從研究所「畢業」。要繼續留下來，或者要揮別這一切，決定權都握在本人手中。

當然能力出眾受到認可的人，研究所會加以挽留。年少組的成員有潛力，可能還會隨著訓練而成長，但年長組未來的能力已經差不多底定了。對於這樣的判斷，全員心裡都很清楚。

沙紅螺這七人中誰曾受到慰留，誰被找去談話過——確切的情形沒有人曉得。她們刻意不問彼此，也沒有人主動透露。跟七人有關的研究所資訊皆由全體共享，這件事大家卻不約而同地悄悄收在心裡。

「我當然有被慰留。」

只有翔太郎一個人，明明沒人問他卻偏要主動提起。只不過那是假的——或者是由於他爸媽有出錢的緣故——這一點，大家都明白。

然而這次與當時不同，無關乎自身的意願，可能會被強迫掃地出門。

「我要是被趕出去，就真的是走投無路了，可是看優，妳還有想做的事吧？」

沙紅螺這麼說是希望能鼓勵她。

「妳說的也對，這或許是實現小學夢想當個護士的好機會？」

見她終於冒出正面的想法，不禁鬆了口氣。

看優以前就告訴過沙紅螺，自己暱稱中的「看」是取自「看護」，換句話說，她暱稱的涵義便是「優秀的看護」。而沙紅螺剛剛想起了這件事。

這場騷動還有後續。研究所面臨經費刪減的危機，可能會因此開除年長組成員——雛狐提供的這項消息傳進所有人耳裡的隔天，有人擅自評等全體成員的能力，做成一份報告，提交給海松谷所長。只是那個人是誰？報告內容為何？就連雛狐都不曉得。

話說回來，會為了影響開除名單而做這種報告的人，想來想去都只有一個可能。

「絕對是那個白癡幹的。」

沙紅螺信心滿滿地認為那個人毫無疑問是翔太郎。

「那傢伙肯定是給自己評了一個不合理的高分，然後把其他所有人的分數都打得不可思議地低。會為了留在研究所做這種假報告，百分之百是那傢伙。」

沙紅螺怒火中燒，氣沖沖地就要去質問翔太郎，給他點顏色瞧瞧，雛狐和看優趕緊拉住她。

「院長不會把那種報告當一回事啦。」

對於看優一針見血的發言，沙紅螺也深表認同。

這並非表示海松谷是位優秀的管理者，而是在七位年長組看來，他雖然肩負院長一職，卻沒有半點幹勁，與此相反，海浮主任則或許有點太過投入。

至少過去找到沙紅螺當時，海松谷身上也散發著想要好好培育她們的強烈決心，那時他的熱情並不亞於海浮。可惜隨著時光流逝，那份拚勁也日漸消淡，現在則完全猜不透他到底在想些什麼了。

——面前的沙紅螺講到這裡時，俊一郎將跟本次委託可能有關的人物資訊，依序整理出來。

名字（院長跟主任的姓氏也不見得是真的，而且也沒人曉得他們的名字）、年齡、各人擁有的特殊能力、滿分十分時其能力能獲得的評分、滿分十分時其能力運用在實戰上的評分。

這兩項評分結果並非基於海松谷收到的那份來路不明的報告，而是研究所裡的官方機密資料。聽說是紗椰用透視能力得知的。這邊按照評分由高到低的順序，一一列出七人的資訊。

海松谷（59）研究所院長。
海浮（41）研究所的主任。
紗椰（21）透視＝能力評分（9）＋實戰評分（8）
沙紅螺（21）預知＝能力評分（9）＋實戰評分（7）
火印（18）心電感應＝能力評分（8）＋實戰評分（5）
看優（19）幻視＝能力評分（8）＋實戰評分（4）
雛狐（20）讀心術＝能力評分（8）＋實戰評分（3）
阿倍留（18）心電感應＝能力評分（7）＋實戰評分（3）
翔太朗（18）念動力＝能力評分（5）＋實戰評分（1）

「大致上與實際情況吻合，只有翔太朗的能力評分太高了。」

沙紅螺辛辣講評。

「聽說他以前的評分是七或六。」

「咦？那不是挺高的嗎？跟妳剛才的話對不上。也就是說，他的念動力隨著年齡增長而變弱囉？」

俊一郎不假思索地說出自己的想法，她皺眉問：

「你真的是偵探嗎？」

「怎、怎樣了？」

「我剛剛不是才說過，他以前在研究所能得到好分數，都是因為他爸媽贊助研究資金的緣故嗎？既然現在資金停擺，他的能力評分變差不是理所當然的嗎？」

「真是亂七八糟。這明明跟本人的能力一點關係都沒有。」

俊一郎愕然，沙紅螺卻一副早已看破的神情。

「既然研究主題是連何時能派上用場、實際上能發揮多少功效都不曉得的超能力，資金當然是多多益善吧？」

語畢，她又慌忙補了一句。

「所以他的評分不值得參考，但其他人的都可以信賴。」

「除了他，真的大家都很高耶。」

只是一旦面臨實戰，沙紅螺和紗椰之外的人看起來都不太能派上用場。俊一郎指出這點後——

「這種能力受到心理因素的影響很大。看優和雛狐由於個性溫和，一到實戰就會不由自主地退縮。相反地，我跟紗椰性格冷淡，就比較能冷靜應對。這個差距實在避免不了。」

如此一來，站在研究所的立場，為了削減經費，也只能開除實戰上不能用的傢伙。

這句話俊一郎只放在心裡想，沒說出來，這時沙紅螺用惡作劇的目光看向他，說出驚人之語。

「仔細想想，弦矢，你也是個可以進我們研究所的人才呢。」

「但我只能看見他人的死相。」

「那個死相出現的原因——簡而言之就是死因，你會把它找出來對吧？」

「那是偵探的職責所在。此外我沒有任何特殊的力量。」

「哦～～」

她的反應可以解釋為「沒這回事」，也能看作「什麼嘛，原來是這樣喔」。

「背景我已經了解了，妳差不多可以進入正題了吧？」

不過，俊一郎絲毫沒放在心上，催促她往下說。

「也是。」

沙紅螺簡短回應後，原先快活的語調驟然一變，聲音透著說不出的沉重，開始陳述發生在自己身上的駭人經歷。

黑衣女子（一）

那個人從DARK MATTER研究所走出來，在附近公園裡的長椅坐下小憩。

此時一位渾身漆黑的年輕女性極為自然地走近，在旁邊輕巧入坐。由於公園裡還有多張長椅空著，那個人不禁略感疑惑，但並沒有不愉快。因為雖說是旁邊，也沒有真的很靠近，還保持著一點距離，沒有讓人感到私人領域遭受侵犯。

只是不經意瞥去一眼，發現完全看不見對方的臉，令他些微詫異。最近都快要進入梅雨季了，她卻還披著黑色面紗，看起來簡直像在服喪一般……

不過那副奇特的身影看起來莫名地自然，不太令人心生疑竇。

因此女性主動搭話時，那個人也就如常回答。原本腦中正在思索一些事情，其實是稍感困擾的，結果對方給人的感覺極好，等回過神才驚覺，自己早已被牽著鼻子走。

怎麼回事？好像有點怪怪的……心中警鈴大作時，一切都遲了。不，早在那之前，一曉得她十分清楚研究所內部情況時，那個人就在不知不覺中受眼前這位女性籠絡了。

那個人透過才剛認識的神祕女性得知了「黑術師」的存在，立刻成為信奉黑術師的追隨者，並獲得允許使用排除礙事傢伙的咒術「九孔之穴」。

除此之外，黑衣女子還特別傳授了隱身咒術「黑蓑」。這項術法主要是用在肉體上，功效卻並非讓人體變為透明，而是能短暫化身為施術者在腦中描繪的形貌。如果想變身為實際存在的人物，則需要相當程度的訓練，最安全的選擇是化為隨處可見的普通路人。另外只要善加使用，黑蓑也能用來隱藏內心的想法。九孔之穴的施術對象並非一般人，而是超能力者，是以這次才破例多傳授黑蓑這種術法。

即將發生的DARK MATTER研究所連續離奇死亡案件，那個人就悄悄獲得了成為「凶手」的權利。

在這位凶手及黑術師之間居中牽線的，即是俊一郎等人稱為「黑衣女子」的存在。

四　沙紅螺

DARK MATTER研究所的院長海松谷收到了一份評定年長組能力的神祕報告。雛狐取得的這項消息傳遍眾人耳裡的後天傍晚，沙紅螺一如往常步行回家。

相對於覺張學園都市的中心地帶，研究所位在西側邊陲，她住的「葉櫻集合住宅」卻地處東北方，走路要花上二十五分鐘。十八歲之前待的學生宿舍就在研究所附近，現在「上班」的交通時間一口氣拉得很長。

高中學業結束後，年長組七人便將去研究所看作「上班」。這件事保障了她們的生活費，又能獲得相應的報酬，這個看法倒也沒錯。

「住那邊上班會很辛苦耶。」

「更近的地方也有好房間。」

看優和雛狐為她操心，可是沙紅螺寧願住得離研究所遠一點。當初一想到往返學生宿舍及研究所之間的日子即將結束時，她就強烈渴望能讓工作及休息清楚做出區隔。

儘管也有翔太郎或紗椰這些不對盤的人在，大家住在一起時的時光還是很開心。研究所的訓練起初令人生畏，在漸漸看到成果之後，也獲得了成就感。因此要是過往的生活模式一直維持下去，她也會毫無疑問地繼續往返學生宿舍及研究所之間。

可是，一旦意識到自己必須搬離學生宿生後，沙紅螺的內心便萌生了對於個人自由的渴望。在宿舍裡也是自己住一間，隱私確實是有保障，只是大家在物理上的距離仍是太過靠近了。

既然都要搬出宿舍——

她刻意選擇了距離遙遠的地點。沙紅螺原本還以為紗椰可能也會做出同樣的決定，沒想到徹底猜錯。其他幾人就算沒住在研究所附近，走路頂多也只需十五分鐘。由此看來，看優跟雛狐會擔心她也是無可厚非。

不過沙紅螺本人對於新的通勤體驗倒是十分滿意。花上一點時間走走路，就自然達成了她所希望的工作與休息的切換。而且她事先看中從葉櫻集合住宅去研究所要走的綠色步道，一路上能欣賞四季景色的變化。對她而言，通勤成了一段轉換心情的絕佳時光。

在碰上強風暴雨或酷熱嚴寒的日子，她內心也是會泛起一絲後悔，懊惱地想當初要是選近一點……但如果放眼一整年來看，她對這項決定可說是大致滿意。

直到那一天降臨之前……

出事那天，日復一日的訓練結束後，沙紅螺等人也沒回家，都留在研究所內與職員們說笑，刺探開除人員那件事的情報。

在這種危急存亡時刻，大家全都撇開平日交情好壞，自然地團結一致，因此一切都變得很好玩。眾人紛紛發揮各自的能力，努力奮鬥只求獲得對全員有所助益的資訊。不過能立刻發揮功效的，其實只有雛狐的讀心術及紗椰的透視。職員自然也特別防備這兩人。為了放鬆職員的戒心，其他人全面支援。

只是結果十分遺憾，在即將進入梅雨季卻一早就晴空萬里的這一天，她們一無所獲，只不過再次確認了削減經費及開除人員必定會執行的事實。

七人走出研究所時，太陽已經要下山了，每人心中都漾起徒勞的空虛，互道「明天見」後便各自回家。

如果時間再早一些，看優跟雛狐有時候會特意繞點遠路，陪沙紅螺走一段綠色步道，但這一天實在是太晚了。沙紅螺孤零零地踏上石板鋪成的路徑。

這條綠色步道不僅環繞學園都市一周，內部還像網子一樣四通八達交錯著。只要不趕時間，不在意多走點路，就能在兩個地點間移動時盡量避開馬路及普通的人行道。

沙紅螺當初會看上葉櫻集合住宅，也是由於事先勘查環境時發現，住這裡光靠綠色步道就能通勤了。與她擁有相同想法的人，在學園都市中似乎不少，離開葉櫻集合住宅後，好一段路上都能看到同方向的上班族，但僅限於地處市中心的綠色步道，走著走著，路上會慢慢只剩下她一人。畢竟就算再怎麼喜歡散步，也沒人會在趕著上班時特別繞去學園都市外圍的綠色步道。罕無人煙的情況，越接近研究所就越發明顯。

現在則是反過來從研究所回去，路上除了沙紅螺果然沒有其他行人。放眼望去，只見飄盪著些許詭異氣息的石板步道，在橙紅夕陽的渲染下無止盡地向前延伸著……

這條路跟平常沒有兩樣喔。

沙紅螺努力說服自己，但今天不知怎地，這條路就是沒來由地讓她心慌。

……預知。

一直以來她對於切身的事從不曾出現過令人滿意的預知內容，卻有幾次在內心浮現莫名不安後就遇上橫禍的經驗。不過這種程度似乎連一般人也都會發生。

可是海浮主任的看法略有不同。

「妳在研究所接受了這麼多訓練，已經開始也能預知到一些關乎自身的事了。只不過似乎還沒辦法像在第三者身上感受到的那麼具體。面對他人時，會浮現出關鍵字，在自身上，卻只是出現模糊不清的不安情緒，並沒有發生其他現象。但我認為只要妳繼續接受訓練和研究，有相當大的機率，很快就會連對於自身情況都能閃過關鍵語彙了。」

海浮興奮地滔滔不絕的臉龐，霍然浮現在沙紅螺的腦海中，令她不自覺地心情穩定了些。

綠色步道上，直線區塊及蛇行區域交替出現。整修這條路徑，目的不光是為了讓路人行走，也希望民眾能在這裡悠閒散步，大概還同時兼具了阻止自行車橫行的任務。基本上綠色步道禁止騎車，可能是怕有人會不守規矩，才特意做成這樣來阻擋自行車。

雖然不清楚為什麼要設計成直線加曲線的組合，不過現在能肯定的是，此時此刻這種設計令沙紅螺極為不安。

在綠色步道兩側各處都長著茂密的樹木及矮樹叢，進入市中心後，則會變成形形色色的矮籬笆，不過她通勤的路上，兩旁幾乎都是雜木林。

因此儘管她身在學園都市裡，還踩在人造的石板道路上，卻恍若置身深山。這種脫離日常生活的心境平常令她十分享受，此刻卻讓她心生畏懼。

沙紅螺突然停下腳步，慢慢回過頭。

在一直線延伸的綠色步道盡頭，色彩濃烈的晚霞覆蓋住整片天空。給人的印象雖不到宛如鮮血灑遍天空的程度，但如果有人在耳邊悄然低語那是地獄的入口，肯定會不由自主地相信他。

陽光理應減弱了許多，倒映在眼底的濃厚色彩卻鮮豔地彷若這一刻就要熊熊燃燒。光是靜靜眺望這片景致，就會同時感受到熱氣與寒意，不僅後背簌簌顫抖，額頭也淌下黏稠的冷汗，讓人心裡莫名發慌。

……我是累了嗎？

她踏出步伐時，這麼自問。

雖然不如看優那般擔心，但要是自己進了開除名單——一想到這點，內心就不禁焦躁起來。就算知道爸爸人在哪裡，事到如今也沒辦法再一起生活了。爸爸的想法肯定也一樣。不過如果要離開學園都市，找個地方獨自過活，就必須找份工作養活自己。可是像她這種擁有極特殊「經歷」的人，會有公司輕易雇用她嗎？

才剛稍微想想，問題就接二連三襲來。或許正因如此，自己才會陷入這種奇妙的精神狀態。

總感覺背後怪怪的……

不知從何時起，沙紅螺對背後產生了無從解釋的懼意。即便只是像這樣尋常走著，也不知怎地就想駐足回頭張望。

可是，什麼都沒看到。

我一定是累了……她用這種理由搪塞自己，再次向前邁出腳步。然而沒過多久，背後一陣涼風颼颼吹過。人明明還在夕陽餘暉的照耀下，卻彷彿暴露在寒風中一般。

她的忍耐力沒多久就到達極限，又忍不住回過頭。那瞬間她害怕到了極點。就算心裡很清楚不會有什麼變化，但一直到後方延伸的路徑映入眼簾，親眼確定果然什麼都沒有，終於能鬆了一口氣前，心臟都砰砰直跳個不停。

重複幾次相同的舉動後，她心想這樣下去沒完沒了，這次真的是最後一次了，才將目光轉向背後時。

傍晚時分染上赭紅色的朦朧景色裡，有一個宛如黑色棒子的東西突兀地躍入眼中。

……那是什麼？

沙紅螺聚精會神地緊緊盯著看，那根黑色棒子則左搖右晃地動了起來，而且，看起來還是朝著這邊移動。不，實際上也是如此。那東西顯然就是正朝著她的方向，在綠色步道上前進。

那是……？

那個像是黑色棒子的東西，輪廓雖模糊但隱約像個人形，再凝視一會兒，它的形貌變得越來越像是個人影。

有人正朝著這裡走過來。

就算這段綠色步道沒什麼路人，也不是真的沒人會經過。至今以來在某些時段也曾經與遛狗老人或慢跑的中年男子擦身而過。

可是……

正朝這裡靠近的那個人影，莫名地讓人不寒而慄。

為什麼呢……？

那東西雖然看起來像是人類，會不會其實並非如此呢？那個黑色東西該不會是人類形狀的奇異存在吧？

這樣說起來……

那是昨天的事了。昨天一整天，她腦中好幾次驀然浮現漆黑人影般的畫面，想說可能是預知，但完全不曉得這個影像是針對誰而來的，也感覺不出是跟自己有關的人物。

那個畫面，原來就是在預言這件事呀……

一陣惡寒爬過背脊，涔涔冷汗沿著頰邊滑下。沙紅螺渾身顫抖，身體卻陣陣發熱，簡直就像是感冒了。

那道人影已經相當逼近，都能清楚辨認出人類的外型了，全身卻仍是一片漆黑，完全看不出來他是男是女，年輕還年老。

黑色人影……

沙紅螺的眼中只剩下這道人影。

她立刻轉身快步前行。不管那是什麼鬼東西，都要在被追上前逃走才行。

她前進的腳步快於平常，很快就來到綠色步道的曲線部分。在直線路段的盡頭，她朝背後瞥了一眼，不由得嚇了一大跳。

那道人影比她所以為的更加接近。

她慌忙踏上綠色步道的曲線路段，隱藏住自己的身影。在這段彎曲路徑上，對方應該看不見她才對。她打算趁機小跑步加速，一口氣把對方拋到後頭。

沙紅螺加快腳步。只要維持這個速度跑過曲線路段，等再次回到直線路徑上時，與那人影之間就拉開了充分的距離。她心裡打著這般如意算盤。

因此她下定決心不再回頭。但還是十分在意背後的情況。想要確認一下的渴望極為強烈。

她回頭瞄了一眼，發現一開始經過的曲線陰影處，有顆漆黑的頭盯著她。那東西從茂密生長的矮樹叢中探出頭來，就像在偷看她似的。

……咦？什麼時候已經這麼靠近了？

要從直線轉進曲線時，那道人影儘管已經相當逼近，但應該還隔上好一段距離才對，現在他卻幾乎來到了身後，唯一的可能就是，沙紅螺一開始小跑步時，他也一口氣追趕上兩人的差距了。

沙紅螺不再小跑步，慌張拿出全力衝刺，但她仍舊非常在意背後的情況，每次彎過一道曲線，她都忍不住要回頭。即使心裡清楚有這種閒工夫回頭還不如盡全力逃走，也依然無法克制自己的行為。

結果，那道漆黑人影也次次都突然從樹木或矮樹叢中探出頭來望著她。時機總是正好，不早不晚，一直盯著她。

這樣下去肯定會被追上。

沙紅螺明明曉得，卻依然無法克制回頭的欲望，因為她想到原本看起來只是一張漆黑臉龐的東西，好像是戴上了面具。一旦有了這層懷疑，她就想弄清楚真相，因而她回頭的時間比本人所認知到的還更逐漸加長……

弄不清是第幾次回頭時，從樹影下窺視的漆黑臉孔上，她看見了一隻紅通通的眼睛。

……咦？

只有右眼是紅的，沒有左眼。除了那隻紅眼睛，對方全身上下仍舊是一片漆黑。那隻紅眼倏忽變大，巨大得彷彿就要躍出臉上一般，惡狠狠地瞪著她。

這情況太過駭人，沙紅螺不自覺地想要停下腳步，結果那道人影霍然從樹影下跳出來，直直朝她奔去。

她全身頓時爬滿雞皮疙瘩。

不光是那道人影朝她逼近的緣故，還因為儘管距離縮到這麼近，那個人影除了紅眼睛全身上下仍舊是一片黑。

它不是人類。

那會是什麼？

沙紅螺的雙腳因混亂與恐懼幾乎僵在原地，但她死命抬起雙腿，轉過身全速奔跑。

一定要逃離這傢伙。腦中只剩下這個念頭。

要是被這種莫名其妙的東西逮住，小命肯定不保。

她全心全意向前衝，不過背後同樣在奔馳的腳步聲立刻清晰響起。

噠、噠、噠。

那張黑臉就要趕上自己了。只要一想到這件事，她就快哭出來了。那東西的真面目到底是什麼？是從哪裡跑出來的？目的又是什麼？此刻壓倒性的恐怖籠罩住她，將這些疑問都輕飄飄地吹走了。

噠、噠、噠、噠。

踩踏石板的步伐聲越來越近，彷彿下一刻肩膀就要被抓住似的，她緊張到心臟都要停止了。得再跑快點才行——

她拿出全身力氣衝刺，卻跑不久，速度很快便慢了下來，背後的那股氣息一鼓作氣地縮短距離。

呼、呼、呼。

都能聽到那傢伙的喘氣聲了。它吐出的氣息彷彿擦過後頸，雞皮疙瘩都起來了。

「唔哇哇！」

沙紅螺嚇得驚叫出聲，拔腿狂奔。看來是因為太過恐懼而發揮出百分之兩百的潛能了。

噠、噠、噠、呼、呼、噠、噠、噠。

身後的腳步聲及氣息也緊追在後，就要逼近她的背後時——

啊哈哈哈哈。

那傢伙突然笑了。看見沙紅螺瘋狂逃走的模樣，滿心愉悅地嘲笑她。

她一聽到嗤笑聲，就感到一股寒意襲來，沙紅螺腦中瞬間閃過「我撐不下去了」的念頭，幾乎就要放棄。然而下一刻，她對於自己在這種莫名其妙的狀況中被耍著玩，內心點燃熊熊怒火。

開什麼玩笑。

怒火燒盡恐懼，她終於取回冷靜判斷的能力。

沙紅螺腳下雖然繼續逃跑，卻開始保留一些體力。一邊注意著別被追上，同時盡可能減低奔跑耗費的力氣，來到通往市區的路口時，毫無預警地轉換方向。

如果一直沿著綠色步道往前跑，總是會被追上的。那就逃進市區，向路上行人求救。

她終於恢復神智到能想出這種單純的策略了。

起初路上沒有任何行人，她內心十分焦急，直到眼前漸漸出現幾名西裝打扮的男性及學生模樣的路人，正想開口求助時，沙紅螺才注意到一件事。

背後的氣息不見了。

她立刻回過頭，背後一個人都沒有。似乎是一發現她往市區跑去，那道黑色人影就逃走了。

……得救了。

沙紅螺一放下心來，就感到雙腿發軟，差點要當場蹲下。但那個反應只存乎眨眼之間，她的頭腦立刻開始思索。

有一隻紅眼睛的那道邪惡人影究竟是什麼東西……？

五　嫌疑犯們

在沙紅螺陳述完整件事之後，俊一郎依然一直盯著她瞧。

「……你幹麻啦？」

她露出狐疑的神色。

「沒什麼，只是因為妳看起來性格沉穩又強悍，沒想到……我有點驚訝。」

「你什麼意思？」

沙紅螺的表情立刻不高興了。

「我因為被那個詭異的黑臉人影追而害怕，讓你這麼驚訝嗎？」

「嗯，算是。」

面對她氣勢洶洶的質問，俊一郎險些招架不住。

「這是肯定的吧。突然遇上這種事，誰不會害怕。」

「可是，還是有——」

俊一郎嘗試要反駁，不過……

「偵探應該要擔心委託人的安危吧？結果現在你卻——」

沙紅螺的怒氣一發不可收拾，他不僅完全找不到插話的機會，還落得乖乖聽訓的下場。

真糟糕，只好等她先冷靜下來再問了。

他暗自盤算對策時，小俊忽然從沙發陰影處輕巧地跑出來。牠剛剛似乎一直在等沙紅螺的話告一段落。

喵～

「啊，是貓咪。」

她的表情略顯和緩，但並沒有拿出哄貓兒的甜膩聲音叫小俊，就只是目不轉睛地望著牠。

小俊往沙紅螺走去，半途又忽而轉頭看向大門。俊一郎看到牠那個舉動，立刻萌生不好的預感。

因為他懷疑下一刻曲矢刑警就會「唷～～」地一聲大搖大擺走進來。就算小俊預先察覺曲矢的來訪，也不是什麼奇怪的事。

然而小俊停下動作也僅是須臾之間的事，牠再次邁開腳步，靈巧跳上沙發，凝望著沙紅螺一會兒之後，便將自己的頭靠在她的大腿上。

「天啊，好可愛。」

沙紅螺頓時綻放笑顏，心情愉快地發問。

「牠叫什麼名字？」

「……小俊。」

俊一郎低聲回答。

「叫作小俊呀。哦，原來是小俊喵呀。」

她竟然一次就猜中了小俊自己堅持的真名。

喵、喵、喵。

小俊自然是喜不自勝，尾巴翹得老高，開心地直叫。瞄向俊一郎的那張神情得意洋洋，彷彿清楚寫著「你看吧，果然就該叫我小俊喵」。

「我們來討論一下那個奇怪的人影——」

俊一郎一將談話拉回正題，沙紅螺的表情就暗了些。

「我後來有冷靜想過，肯定是翔太郎，百分之百只有他。」

語氣裡滲著怒意。不過一聽到大腿上小俊的呼嚕聲，她又立刻展露笑顏，看來小俊完美達成撫慰她精神的任務。

「理由呢？」

「這件事從時間點來看，應該跟研究所要開除成員脫不了關係。這樣一來，最著急的人毫無疑問就是那個宅男。之前那份報告沒有發揮任何成效，這次就要靠武力來硬的了。」

「沙紅螺，妳是說他打算殺了妳……？」

「我當時並沒有這樣想。他應該只是想嚇唬我，把我趕出去吧？我原本是這樣認為的，只是……」

她欲言又止，俊一郎便用眼神示意她繼續說。

「就算真是如此，那張漆黑臉龐——雖然那可能只是戴著面具——但都靠這麼近了看起來也只像個人影，這點實在太奇怪了。」

「要是追趕妳的人是他，就沒辦法解釋這一點。」

「對呀。」

「那另有其人的可能性呢？」

「咦……？不可能。」

「不過如果這樣就能完美解釋漆黑臉龐跟人影的疑問，妳覺得如何？」

「到底是誰就能解釋這些疑問？」

「看優。」

「……」

「只要運用她的幻視能力，就有充分可能讓妳看到那種全身漆黑的模樣吧？」

沙紅螺啞口無言，一句話都回不了。

「如果說可能遭到開除的成員嫌疑最大，那看優也符合。她自己都親口那麼講了，沒有比這更有力的證據了。」
她微微搖頭。
「當然其他人也有嫌疑。火印跟阿倍留那對雙胞胎的評價是在實戰派不上用場，換句話說，他們跟翔太朗和看優同樣都有動機。」
她再度搖搖頭。
「不過嫌疑犯也不一定就是年長組的。」
「咦？」
「妳剛剛說海浮主任偏愛阿倍留，海松谷院長則喪失了過往熱情，如今都不曉得在想些什麼，這兩人現在又面臨研究所必須刪減預算及開除人員這種重大危機，要是他們暗地在謀劃些什麼……」
「你光靠我的話居然就能推理出這些。」
沙紅螺看起來並非佩服，而是有些傻眼。
「我是偵探呀。」
但俊一郎絲毫不為所動。
「雖然我剛剛一口氣舉出多位嫌疑犯，但這幾個人都沒辦法解釋那個全身漆黑的人影。能合理說明的，就只有一個人。」
「的確是只有看優。」

沙紅螺總算鬆口承認，隨後——

「不過其實還有別的可能，讓其他人也做得到這件事吧？」

「譬如？」

她稍作停頓才開口。

「譬如黑術師牽連其中的話。」

「……」

這下輪到俊一郎說不出話了。

「抱歉，我一開始就應該先講清楚的。」

沙紅螺看到他的反應，一臉歉然地道歉。

「只是我原本以為你一看到介紹人，就會立刻聯想到這件事。」

「這樣呀……所以才會是新恒警部的名字呀。」

「追查黑術師的黑搜課，他是這個單位的負責人吧。」

她居然連這些事都曉得？俊一郎十分詫異，內心立刻浮現「為什麼？」他的疑惑大概都寫在臉上了，沙紅螺緊接著說明。

「新恒警部曾經來研究所參觀過幾次，當時我跟紗椰有和他講到話，便得知了他的名字。看優跟雛狐還在背地裡興奮地討論他咧。」

「警部原來這麼受歡迎。」

即便想開個小玩笑，他也很快就切入重點。

「妳們講話時有提到黑術師嗎？」

「怎麼可能。新恒警部才不會輕易洩漏這種重大機密。」

又不是曲矢刑警——俊一郎在心裡叨念，並且暗自反省。

「不過現在回頭去看，當時他會屢次過來研究所，多半也是因為黑術師的事吧。」

「怎麼說？」

「新恒警部或許是想看一下我們的能力有沒有辦法用來應付黑術師。」

「原來如此。這倒是很有可能。」

俊一郎展現出高度興趣，沙紅螺卻將談話拉回了原先的主題。

「被黑色人影追的隔天，我本來打算去質問翔太朗，但我沒有任何證據說是他幹的。而且他跟平常不太一樣，看我的眼神中有種奇特的自信。」

「這樣反而很可疑吧。」

「對。那傢伙以前靠著爸媽的捐款，在研究所老是擺出一副自以為了不起的模樣。但最近不同，他得知將會開除成員的消息後就著急了，便想將比自己更優秀的人——就是除他以外的所有人——都趕出去。不過他喜歡沙椰，所以就先拿我開刀。」

「動機也可能是過去被妳不留情面地拒絕。」

她聽了只是冷淡地點個頭。

「他那種莫名有自信的神態，跟以前有爸媽做靠山時真的很像。」

「妳的意思是黑術師的咒力代替了父母的捐款嗎？」

「當然那時我並不曉得其中緣由，只是隱約感到事有蹊蹺。我找看優跟雛狐聊過，結果她們兩個嚇得半死，反而還要我花力氣安慰。我想就算去問火印跟阿倍留應該也沒用，又不想求助沙椰，翔太朗是頭號嫌疑犯自然第一個排除在外。原本我應該去找院長或主任報告這件事，可是他們又是要開除我們的那一方。」

「所以妳才忽然想到新恒警部。」

「你不覺得那位十分適合西裝打扮的警部，給人的感覺就像是可靠的爸爸跟哥哥的綜合體嗎？」

「妳能聯絡上他也是不簡單。」

俊一郎嘴角微揚，不過這個疑問純粹出於好奇心。

「我打電話去警視廳，新恒警部不在，接電話的人說會幫我轉達，我就告訴他自己的名字，後來很快就接到回電了。我描述完事情經過後，警部好像認為這件事極可能與黑術師有關，特地跑一趟來找我。我也是那時才第一次聽到黑術師的事。」

「聽了有什麼想法？」

沙紅螺的神情認真到有幾分嚇人。

「在我們擁有的那些特殊能力中，肯定也包含了咒術，只是我們並不具備替對方帶來災禍，陷其不幸，甚至奪去他人性命的能力就是了。不過根據用法，或許也有可能做得到。」

看優的幻視如果換一種用法，的確有可能逼死人，沙紅螺的預知能力也一樣，只要刻意調整告知對方的內容，就能置人於危險境地。而雛狐的讀心術、沙椰的透視能力、火印及阿倍留的心電感應也差不多吧？

「證據就是，結束後去回顧實戰的……」

話說到一半，她就打住了。

事後冷靜回想，才發覺自己搞不好影響了別人的生死……這樣的情況想必發生了不少次吧？俊一郎也察覺到這一點，是故並沒有多說什麼

兩人陷入短暫的沉默，打破這種尷尬氣氛的是——喵？小俊先歪頭看向沙紅螺，再轉向俊一郎。

「小俊喵在催我快點往下講。」

她說完就笑了，神情又隨即轉為認真。

「我們的能力曾經影響過別人的生死，以後也有可能會再發生——我認為這點是無庸置疑的。」

「我一天到晚都是這樣。」

沙紅螺凝視著他一會兒，才開口說：

「也是呢。畢竟你可是死相學偵探。」

「不過也有一些人因而保住性命。」

「我們的情況，又是怎樣呢？」

現場差點又陷入沉默，但她立刻調整好心情。

「不對，現在重要的不是這個問題，先不管這些，總之黑術師讓我覺得毛骨悚然。人類的內心一定會有陰暗面，他聚焦在那個部分並加以放大，替當事者周遭帶來死亡。黑術師並非有什麼特定動機，只是純粹在享受自己推動他人造成連續死亡的過程。我聽到他是這種惡魔般的存在時，真的是嚇壞了。」

「在這層意義上，翔太朗可能正是絕佳的目標。」

「沒人比他更有可能接受黑術師的提議了，畢竟他的能力就是搬不上檯面，他自己當然也一直很介意。只要獲得黑術師的相助，他就能驅使咒術，對翔太朗來說，沒什麼事比這更開心了吧。」

「在那之前，黑衣女子要先接近翔太朗——啊，黑衣女子就是黑術師的心腹。」

「嗯，新恒警部有告訴我。」

這時沙紅螺做出雙手好似在摩擦自己爬滿雞皮疙瘩的上臂的動作，應該是無意識的。

「……其實我們後來發現，雛狐說研究所要開除成員的兩天後，也就是我被黑色人影追的前一天，我、雛狐跟紗椰三人都曾浮現類似的感覺。」

「什麼感覺？」

「剛剛也有稍微提到一點，我的話，就是腦海中忽然閃過漆黑人影的畫面，還在一天內發生了好幾次。」

「黑衣女子嗎？」

「雛狐說她突然感受到邪惡的心念，紗椰也說突然看到有如惡意凝結成的一團東西，而且她們當下都沒有對特定人物施展自己的能力，感覺上是那股能量自行撞過來的，自己只是被動感應到而已。除此之外，還跟我一樣，接收到的印象都是一片漆黑。」

「新恒警部怎麼說？」

「他的推理是，黑術師早已得知研究所目前的情況，便派那位黑衣女子過來見一下凶手人選。雖然不清楚兩人是在哪裡偷偷碰面，但一定是在研究所附近，我們三個才會察覺到她的存在。反過來講，也是因為黑衣女子身上的氣息詭異到了極點吧？她將某種咒術教給凶手，還包含了讓凶手隱藏自己的術法，我才會只能看見黑漆漆的人影。」

「我剛剛也是這樣想。」

我也是喔。小俊積極地喵喵叫，彷彿在這麼說。沙紅螺伸手從牠的頭一路摸向後背。

「那麼，死相學偵探願意接受我的委託嗎？」

「我接受。」

俊一郎肯定地點頭。

「順便問一下，這件事研究所的人知道嗎？」

「新恒警部說會跟他們說明。」

「既然是這樣的研究所，應該可以接受黑術師的存在。」

「嗯，絕對也會提供協助才是。」

在確認過最要緊的問題後，他便跟紗紅螺開始討論本次案件該從何著手。

俊一郎先提議要運用雛狐的讀心術及紗椰的透視來鎖定嫌疑犯，他認為只要借助這兩人的能力，要找出那個人是誰應該輕而易舉。

「這我們已經試過了。」

但沙紅螺冷淡地回應。

「卻一無所獲嗎？」

他將預料中的結果說出口，沙紅螺無力地點頭，還說完全搞不清楚問題出在哪裡。

「黑術師做的吧……？」

這次的關係人幾乎全都具備某種特殊能力，只要一個不小心，凶手就會露出馬腳。只要想到黑術師為了對抗這些超能力者，大概事先傳授過犯人某種特殊的防禦能力，這結果便也不足為奇。

兩人再談了一會兒後決定，俊一郎不立刻隨沙紅螺前往研究所，先與外婆及新恒警部討論，定調日後的行動方針，視情況也有可能會需要改成由研究所委託，而非以她個人名義。

順帶一提，早在新恒告訴她之前，沙紅螺就曾經從海松谷院長口中聽過外婆的事跡了。說到持有特殊能力的人士，確實沒人能夠超越弦矢愛了。

「居然能和那位愛染老師合作。」

沙紅螺的雙眼發出驚喜的閃亮光芒。

「接受委託的人是我，外婆只會透過電話給我建議。」

儘管俊一郎立刻撇清，但他也再次體認到，現階段徵詢外婆及新恒的意見實際上相當重要。

原因在於——

這些話他並沒有說出口，只放在心裡思索。

沙紅螺深信是翔太朗做的，但現在真的還不能確定，在這個時間點就妄下斷言，太過草率了。儘管動機是研究所的經費刪減與開除成員這點應該錯不了，但其他人也仍有嫌疑。

因此，與其和她一起調查，應該保持一點距離單獨行動比較好。

只是這樣一來，俊一郎就沒辦法保護沙紅螺，他十分擔心，再三警告她要小心防範，然而本人卻開朗回應「不會有事啦」。

「新恒警部推測那傢伙必須要接近我到一定程度才行。」

「為了施展咒術嗎？」

「只要下咒後，剩下一切就會自動發生——不是這樣吧？」

「那要看咒術種類而定，黑術師不曉得為什麼經常喜歡給凶手加上奇特的限制條件。確實凶手完全不需要弄髒自己的手就能解決掉受害者，但人卻必須出現在現場，譬如一定要在下手前看見受害者，出聲叫住對方，或者是用手觸碰對方。」

「這些行為就像是引信吧？」

「從外婆的說明來看，是這樣沒錯啦……」

「你有什麼覺得奇怪的地方嗎？」

聽到沙紅螺的詢問，俊一郎略為遲疑地開口。

「我一直有在想，黑術師搞不好是故意挑選這種凶手必須置身現場的咒術的。」

「那是什麼意思？惡作劇？」

「大家可能容易會產生誤解，不過黑術師絕非站在凶手這邊。」

「咦……？」

「假設現在發生了一起案件，凶手是叫作A的人物。黑衣女子遵照黑術師的指示先去找A談話的理由，不過是因為他心中的黑暗面比其他人來得濃重，或者因為他看起來意志薄弱，似乎能輕易洗腦。不管是哪種原因，如果他們判斷B比起一開始看中的A更加適合，應該就會毫不在意地更換人選。」

「你的意思是——就算凶手在施咒時感到綁手綁腳，黑術師也不在乎囉？」

「搞不好還讓他更加樂在其中。假設凶手失敗，自取滅亡，他百分之百也只會當成一場餘興節目來觀賞。」

「……好惡劣。」

「我們面對的對手，就是這種怪物。」

所以絕對不能掉以輕心。俊一郎再次耳提面命一番，才送沙紅螺離開偵探事務所。

六　九孔之穴

俊一郎打電話到位於奈良杏羅町的外婆家時，難得是外公接的電話。

平常多半都是因仰慕外婆而頻繁造訪家裡的信徒擅自當起接線生，因此俊一郎要應付的多半是些年長女性，她們只要一曉得電話另一頭的人是誰，幾無例外皆會長篇大論起來，簡直就像接到自己親兒子還是孫子的電話一樣。

『你好。』

但此刻接起電話的聲音平靜清淡，顯然是外公。拿起話筒後只應一聲「你好」的人，就只有外公。

「外公，最近好嗎？」

『嗯。我最近寫了一篇背景定在東北的怪奇短篇叫作《白妖》，校稿時卻發現怎麼讀起來不太恐怖。』

「沒這回事，要是你本人覺得恐怖，那作品肯定會嚇死人，這種程度不是剛好嗎？」

『喔，這樣呀。』

外公似乎有點接受俊一郎的說法，卻又立刻反駁：

『可是不能讓作者本人感到害怕的作品，真的能將讀者推進恐怖深淵嗎？』

「嗯……外公，你的小說不用擔心這種事，反倒是要注意別寫得太可怕……」

『你在亂講什麼，連怪奇小說都不可怕了，那這世界還有什麼其他東西值得害怕的。』

「這……」

俊一郎一時不知道該怎麼回應，也猛然驚覺外公今天話特別多，該不會是陷入瓶頸了吧。

不過在這種節骨眼上，他並沒有多餘的心思陪外公聊這些，更何況他的意見對身為作家的弦矢駿作應該也沒什麼幫助。外公不會有問題的，肯定沒多久就能寫出讓讀者哭著求饒大喊「夠了」的恐怖故事。不，可能《白妖》這短篇就已經是了。

於是俊一郎在內心悄悄向外公道歉，便要開口請他叫外婆來聽電話時——

『欸。』

外公叫了他一聲後，外婆的聲音便緊接著傳了過來。

『所以咧，你看到死相了？』

而且直接就切入主題。

「看來新恒警部已經聯絡過妳了。」

『你說什麼？你講大聲點。』

「年紀大了聽不清楚囉？」

『誰年紀大了！』

不是聽得見嗎——俊一郎失笑，但聲音聽起來的確有種遙遠的感覺，他抬高音量清晰重複了一次。

『他實在是很優秀。光聽沙紅螺小姐講，就立刻懷疑事情與黑術師有關。』

外婆大肆讚美新恒一番後。

『你也要好好向人家看齊。』

「妳之前就知道DARK MATTER研究所的存在？」

『當然。這種難聽得要命的名稱，聽一次就記起來了。』

「哪裡難聽了？」

『居然取名叫「馬的，大哥」，哪裡不難聽。』

「不是馬的，是MATTER，也不是大哥，是DARK，而且妳還把人家倒過來念是要怎樣。」

俊一郎如往常般不假思索地回嗆外婆的愚蠢發言，然而外婆的下一句話，令他差點岔了氣。

『那個院長，海松谷先生曾來過我們家，說想邀你進研究所。』

「……什、什麼？」

『當時你的死視能力，消息也傳到那間研究所了。』

「什麼時候的事？」

『大概在你十歲的時候吧。』

如果那時自己去了研究所，現在就是沙紅螺的前輩了。

「但外婆，妳們沒讓我去呀。」

『廢話，這世上有誰會將可愛的孫子——』

「對方開出的價碼太低了？」

『才不是。就只是希望他再多表示點誠意，海松谷先生卻猶豫了。』

「聽起來不像在開玩笑，真恐怖……」

『我又沒有獅子大開口。』

「我就算了，外婆，他們沒有邀請妳嗎？」

『你問這什麼蠢問題呀。我的美貌就不用說了，光從能力來看，他們怎麼可能沒邀請你外婆我。』

比起特異能力的評價，率先提到外表這一點，果然很有外婆的風格。

『只是呀，如果我一直關在研究所這種地方，全世界的男性會多麼傷心呀。』

「啊，因為年齡而卻步啦。」

『你呀，到底有沒有好好在聽人家講話。我告訴你，我當時可是活蹦亂跳的——』

「已享有敬老優惠的銀髮族。」

『就是說呀，肩膀硬得要命，腰又痠疼——不對啦。』

外婆現在依舊生龍活虎的，當時肯定也是神采奕奕。

『我當時在猜……可能是海松谷先生背後的人物，其實不願意你偉大的外婆進入研究所。』

「妳是說比院長更大的人嗎？」

『他上面還有個會長，名叫綾津瑠依，現在應該還在位。她也是位女中豪傑。』

「比妳還厲害嗎？」

俊一郎原以為外婆絕對會一口否認，沒想到外婆難得沉默了片刻，才說出令人難以置信的話。

『……搞不好不相上下。』

「那位會長跟這件事也——」

『據說她平常幾乎不會過去研究所，但這次肯定是要出面的，你也注意點。』

「我、我知道了。」

令人不安的要素好像又增加了，不過既然是研究所的會長，至少不是敵人吧。俊一郎這麼認為，只是一想到對方可能與外婆不相上下，心情就有點沉重。

……有一種很不好的預感。

他仍舊設法打起精神，繼續談正事。

「先回來講沙紅螺。」

『你又來了，我不是跟你說過很多次不行直呼委託人的名字嗎？』

沒想到反而被念了。

「是……」

『所以咧，你在她身上看到的死相長怎樣？』

俊一郎詳細說明。

『天啊，這太過分了吧！』

外婆的反應好似在說這下我沒轍了，令俊一郎不禁大驚失色，卻又馬上注意到其實反而誤打誤撞是件好事。

「不過我現在突然發現，那個死相似乎正好對我產生了驚嚇療法的功效。」

『因為自從上次的巴士旅遊，你就沒辦法真誠地面對委託人的死相了。』

「咦……原來妳知道呀？」

『你把我當成誰了呀。』

「無論活到幾歲都堅信自己是二十出頭年輕女性、言詞誇張的妄想狂，總是忍不住講蠢話，令人頭疼的老婆婆呀。」

『玩笑話先放到一旁——』

外婆居然沒有反擊自己的吐嘈，俊一郎略感訝異，這是意味著他的「情況」真的頗為嚴重嗎？

『哪種委託人都接、努力解決案件是很了不起，但上次那件事之後，你就失去以前那種不計代價都要解開死相涵義的精力了。』

「妳明明人在關西，還真是清楚。」

『廢話。我可愛孫子的事，當然都逃不過我的法眼。』

如果外婆就停在這句話，他也會感動地認為「外婆果然很厲害」，可是——

『你好像忘記了，其實你之前在電話裡抱怨過。』

乾脆揭曉謎底這一點實在很有她的風格，是在掩飾害羞吧？

「這個死相到底是什麼東西？」

扯了老半天都還沒講到重點，俊一郎不免心急發問。

『那個呀，肯定是名叫「九孔之穴」的咒術。』

外婆先說明漢字的意涵。

『九孔指的是人體上開的九個洞。人身上有眼、耳、鼻、口、尿道、肛門這九個洞。』

「毛孔呢？」

『蠢蛋，毛孔數得清嗎？』

外婆想也不想就駁斥他。

『還有一個詞叫九竅，意思跟九孔一樣。』

外婆繼續解說漢字。

『簡單來說不管「孔」或「竅」，都是在指「穴」。』

「照這樣說來，『九孔之穴』的意思就會是『九個洞的洞』。這樣意思不是很奇怪嗎？」

『不愧是我的孫子，竟然注意到了。』

「沒吧，這任誰都會覺得奇怪。」

語氣激昂的外婆及反應冷淡的俊一郎在對話時，小俊置若罔聞、逕自趴在沙發上睡覺。平常牠總會催促俊一郎讓牠接電話，與外婆愉快「談天」，但今天卻少見地安靜。只是那雙豎得高高的耳朵顯示出牠也非毫無興趣。

「咒術的內容是？」

俊一郎內心浮現相當不好的預感，但不先掌握關鍵資訊，就贏不了這場戰，他決心問清楚。

『這項咒術需要九位犧牲者，以一次一人、一天一人的節奏分成九次下手。』

俊一郎立刻開始數起研究所年長組的成員。

沙紅螺、雛狐、火印及阿倍留、看優、翔太朗、紗椰……只有七個人。這樣一來，九孔之穴不就不能用在她們身上嗎？

他指出這一點。

『這類咒術的確存在這個問題，要是沒能集滿需要的人數，就沒辦法施咒。』

外婆也表示同意。

「那沙紅螺她們也——」

『又來，又直呼人家名字。』

「啊，抱歉，那沙紅螺小姐她們就沒事了吧？她們只有七個人，何況其中還包含了凶手，受害者就只剩六個，更不可能了。還是說不夠的人數就從周遭隨意挑選，反正只要想辦法湊滿九個人就行了？」

『不能這樣說，大部分的咒術都需要有憎惡或怨恨對方的情緒作為動力，這些負面情感會賦予咒術力量，導引咒術成功。』

「這樣說來，年長組的那七個人也就——」

『我是很想說沒問題，可惜並非如此。雖然不曉得誰是凶手，但絕對可以肯定是跟研究所有關的人。』

「嗯，我也是這樣想。」

『就算動機真的是經費減少造成的人員開除，會因為這種理由就打算殺人，凶手想必平常就對相關人士累積了相當程度的不滿與憤慨。』

「換句話說，他對身旁所有人都懷有負面情感的機率……」

『很高吧。這樣一來，就能輕易使用九孔之穴了。』

年長組的七人，再加上海松谷院長跟海浮主任，正好就是九個人。只是這樣會連凶手本身都包含進去，而且要是連院長跟主任都出事了，他自己不是也會很麻煩嗎？

俊一郎將自己的想法說出口後，外婆的回應十分駭人。

『既然研究所上頭有政府機關跟數間大企業在管，能夠取代院長跟主任的人應該是要多少有多少吧。』

「……這樣呀。不過，凶手自己也要算進受害者這個問題，又該怎麼解釋呢？」

『既然負面情感的源頭就在凶手身上，把自己算進九個人裡，只是輕而易舉的小事。像這樣湊人數的情況其實也滿常見的。』

「可是如果這樣做——」

『凶手也會死。不過呀，九孔之穴這項咒術最大的特徵就在於，施術者可以在中途喊停。』

「……還有這種事？」

俊一郎感到傻眼。

「這對凶手來說也太方便了吧。總之先挑九個看不順眼的人施咒，再從最憎惡的傢伙開始殺害，一旦感覺差不多殺夠了又可以隨時喊停。這麼好用的咒術——」

『不可能有吧。』

外婆立刻吐嘈。

『你的想法並沒有錯，只是凶手必須要設法使受害者感到恐懼。讓對方打從心底深深害怕後，才會開啟九個孔的其中一個。只要孔沒有打開，就沒辦法使用九孔之穴。』

就是因為這樣才會追趕沙紅螺呀——俊一郎恍然大悟。凶手之所以看起來就是個黑色人影，想來不光是為了隱藏真面目，也是在故弄玄虛以引發她內心的恐懼。

他述說自己的推測，外婆應了聲「沒錯」。

『孔開啟後，凶手會再對那個孔發動邪視。黑術師這次應該也有授予凶手邪視的力量。這樣一來，鮮血會從孔流出來，第一個人就死去了。』

「激發對方的恐懼打開孔時，還有朝那個孔發動邪視讓它流血時，這兩次凶手都必須接近受害者嗎？」

『沒錯，但現在我們不清楚邪視的施展範圍有多大，很難防備。』

聽起來確實頗為棘手。

「原來如此，九孔之穴的意思之所以會是九個洞的洞，是因為第一個洞指的是人體上的九竅，第二個洞則是因咒術而開啟的洞。」

『不錯嘛。』

「受害者不會發現自己身上哪裡的洞被打開了嗎？」

『一般來說是這樣。不過敏感的人可能會察覺到右眼有點模糊、左耳刺痛之類的症狀。』

俊一郎心想沙紅螺她們可能也一樣，提出一個關鍵的問題。

「外婆，妳看得見那個洞嗎？」

『我什麼等級，當然看得見。』

「那也就能把那個洞塞起來吧？」

『這個要試了才知道。』

她難得謙虛回應，俊一郎小心翼翼地追問。

「妳平常都會說沒問題的，這個咒術真的這麼厲害？」

『咒術都是很恐怖的，不過既然是術法，總有方法可以破解。』

「這樣的話──」

『問題在於我們的對手不是凶手，而是黑術師。到目前為止，你都成功阻止了黑術師的詭計。』

「但還是……出現了許多犧牲者。」

『那的確是事實，不過同時你也救了很多條性命不是嗎？』

俊一郎沒有回應外婆的這句話。

「外婆，如果是妳，就能與黑術師分庭抗禮吧？先在沙紅螺等人身上設結界保護她們，再把發動邪視的犯人抓起來之類的。」

『也不是做不到。』

「那麼──」

『俊一郎，接受這次委託的人是你吧？』

外婆的聲音平靜卻充滿力道，令他不由自主地挺直背脊。

『我還有一大堆委託人在排隊，其中很多件也是牽涉到當事者的性命。你隨時都可以來找我問題，但你自己接的案件，就必須自己負起責任設法解決。』

俊一郎在心裡反省，自己是經常來尋求外婆的建言，但這次好像從一開始就想要完全仰賴外婆了。大概是因為沙紅螺身上的死相實在是太凶悍了吧。

「嗯，我知道了。」

他應聲後。

「凶手如果想在中途停下九孔之穴，只要不再激發受害者內心的恐懼就行了嗎？」

『沒錯，我雖然不想這樣講，但在這樣的情況下，九孔之穴簡直可以說就是最適合的咒術了。』

逐一殺害相關人士，直到認為沒必要再繼續殺人，又能隨時停手。黑術師傳授給凶手的咒術，確實非常適合這次的情況。

剛掛上外婆的電話──

「唷！」

一道冷淡的招呼聲響起，曲矢刑警大步走了進來。

這時機簡直就像他算好的一樣，不過俊一郎太清楚這位笨拙刑警才沒有那種天賦。

拜託你先敲個門，等我應聲後再進來——現在就算抗議，他肯定也不會聽進去，這件事只好算了，不過俊一郎還是先表態一番。

「我是絕對不會請Erika外送咖啡的。」

俊一郎非常喜歡神保町的咖啡廳「Erika」的咖啡，有時候也會請他們外送到偵探事務所。曲矢只要在場就會囉哩八唆地表示「我也要」，結果事務所根本漸漸變成他專屬的咖啡廳了，只好向刑警嚴厲宣告「禁止外送」。

「喂喂，你說這種話對嗎？」

曲矢本人大搖大擺地靠向沙發椅背，他向來是這種態度，並不特別稀奇。只是今天似乎有什麼話想說。

「哪種話？」

「不讓別人喝咖啡——這種話。」

「當然對，Erika的外送，你想都別想。」

「貧窮事務所還真可憐。」

「明明知道還一直纏著別人買咖啡的不曉得是哪位喔。」

「你這傢伙——」

就在兩人正要一如以往地吵起來時……

「午安。」

亞弓走了進來，聲音開朗地打招呼。她是曲矢的妹妹，年紀小他很多。跟她哥截然不同，個性好人又可愛。

「你們一起來的？」

俊一郎只是隨口一問，然而曲矢緊接的一句話，令他頓時火大。

「以後我不會再讓亞弓一個人過來這裡，我一定都會跟在旁邊監視你，看你有沒有使喚她做事。」

「我可沒有拜託她，每次都是她擅自跑來這裡念書的。」

亞弓想要當護士，現在就讀護理學校，閒暇時常跑來事務所打掃、打雜、顧店，理由是「平常哥哥受你關照了」。不過她同時也會認真讀書，俊一郎也是有種事務所變成她的專屬圖書館的感覺。

「居然說擅自跑來，你講話怎麼這——」

「畢竟——」

亞弓一副習以為常地插入兩人之間。

「來，喝咖啡。」

在沙發前面的桌上，放下咖啡連鎖店的紙袋。

「我請客，你給我好好用心品味。」

曲矢身子又往椅背靠得更深，一臉得意地說。

「是亞弓買的吧？」

「出錢的是本大爺。」

亞弓無視又開始拌嘴的兩人。

「小俊喵，我的咖啡拿鐵分一點給你吧。」

她開始尋找小俊的身影，兩人聽了便立刻停止鬥嘴。

「給小俊是沒關係，但真的只能一點點。」

「小、小、小、小俊喵……在、在哪、哪裡？」

俊一郎在擔心小俊喝人類飲料這件事，而極度怕貓卻又喜歡小俊的曲矢則慌張地環顧四周。

「好，我只會給牠一點點舔。」

亞弓一邊答應，一邊繼續搜尋小俊。

喵～

叫聲一響起，小俊就輕巧跑了過來，繞著蹲姿的亞弓轉，用身體去磨蹭她。

「怎樣，你羨慕得要命吧。」

曲矢一臉複雜地盯著自己妹妹和小俊看，俊一郎語帶嘲諷地調侃他，也不曉得刑警到底有沒有聽見。

話說回來，小俊剛剛究竟是跑哪裡去了？

不可能是跟到外頭送沙紅螺離開吧？

過去牠也有幾次跟委託人特別親近，不過當時也頂多送客到門前，應該一次都不曾跑到走廊上才對。

「怎樣，我請的咖啡特別好喝吧？你給我心懷感激地仔細品嚐。」

曲矢似乎是要發洩不能跟小俊玩的鬱悶，但俊一郎直接忽視他的傲嬌，逕自問道。

「所以這次的案子，黑搜課也會從一開始就加入？」

「喔嗯。」

曲矢的回應有點奇怪，聽起來應該是「廢話」的意思吧？

「你之前就知道這個研究所和它的目的嗎？」

「沒，我沒聽過。」

「但新恒警部以前就曉得了？」

「應該是。」

「從創立黑搜課之前嗎？」

「那傢伙明明是菁英分子，卻一副沒有想要飛黃騰達的樣子。當然也是他自願的啦，反正就是個奇怪的男人。」

曲矢，你也夠奇怪了。但要是講了這句話，兩人肯定又會開始拌嘴，俊一郎決定把這句話吞回去。

「那黑搜課的對策是？」

先詢問今後的打算。

「沒這種東西。」

結果曲矢冷冷說出令人難以置信的回答，俊一郎不禁愣在當場。

「……沒有？」

「嗯。」

曲矢嫌煩似地點頭。

「沒有是什麼意思？這是怎麼一回事？」

「沒有怎麼一回事，沒有就是沒有。完全沒有，一點點都沒有。」

俊一郎望著曲矢一會兒。

「果然小嘍囉派不上用場，我要找新恒警部談。」

他一說完便立刻做好了心理準備，以應付曲矢隨之而來的滔天怒火。

「新恒不在。」

結果曲矢只是簡短拋出這幾個字，害俊一郎差點從椅子跌下來。更重要的是，一聽到新恒不在，他內心就浮現出極為不祥的預感。

「為什麼？出差嗎？」

「我這種小嘍囉怎麼會曉得。」

他果然還是生氣了，俊一郎見狀才稍微放下心來，

「啊，我剛說錯了，是主任呢。曲矢主任，我真是失禮了。」

再變本加厲地調侃他，但是——

「這次的案子不能指望新恒。」

曲矢的態度卻透著一股奇異的冷淡。

……黑搜課內部發生了什麼事嗎？

以優異成績畢業於知名學府——在學時不僅運動成績出色，還展現了音樂及戲劇才華——成為警察後，在菁英之路上暢行無阻、人又紳士的新恒。跟曾兩度遭到停學——而且兩次都是因為跟其他高中的學生打架——勉強才從高中畢業，在所屬轄區人緣不佳，千辛萬苦才爬到今天這個位置、個性又差的曲矢，這兩人原本就不可能合拍。

但新恒很看重曲矢與俊一郎的交情——正確來說就是段孽緣。儘管自己和俊一郎變熟，也絕不會

主動出頭，總是讓曲矢居中協調。曲矢當初似乎對新恒頗為感冒，不過合作久了，也逐漸認同他身為黑搜課負責人的實力。

因此俊一郎一直認為兩人處得還算不錯，可是……

曲矢剛才的態度實在太詭異了。他難搞不是一天兩天的事，要從他嘴裡問出事情原委，看來是不可能的。新恒肯定會願意坦白，只是人不在就無計可施了。

新恒警部不在，真的沒問題嗎？

無以名狀的擔憂席捲了俊一郎的內心。

一開始也是只有我一個人……

他試圖這麼說服自己，卻一點用也沒有，看來黑搜課已經成為不可或缺的存在了。換言之，這也能說是他已經完全信任黑搜課負責人新恒警部的證據。

「我說呀，只是新恒不在而已，黑搜課的支援跟平常沒有兩樣。」

曲矢眼見俊一郎的反應，不禁皺眉。

「所以擔任指揮官的就是曲矢主任囉？」

「嗯啊。」

曲矢回應的聲音中似乎少了平常那種簡直是傲慢的自信，令俊一郎內心的不安更加擴大。

……果然不太對勁。

這時傳來了敲門聲。

「打擾了，我是黑搜課的唯木。」

一位年輕的女搜查官走了進來，她是曲矢的下屬。

「曲矢主任，我是上來接弦矢偵探的。」

「拜託，我講過幾百遍不要叫我主任了吧。」

「抱歉，主任。」

這種情況下，一般都會認為唯木是討厭曲矢才要故意激怒他，但她不同。她的個性極為一板一眼，沒辦法輕看對方的職等。在這層意義上，她是個非常有警察風範的警察。

名叫城崎的男性搜查官最近常跟這兩人一起行動，他比唯木晚進單位，卻與過於認真拘謹的她截然不同，渾身散發出一股頗類似曲矢的無賴漢特質。

不過或許因為眼前的人是上司和前輩，城崎還沒有展現出這一面，只不過他看起來是對俊一郎確實抱持著複雜的想法。儘管從新恒警部及曲矢主任口中聽說死相學偵探過往的成績，也看過黑搜課裡的檔案，心裡還是不免懷疑……這個菜鳥小鬼真的行嗎？這一點倒是跟剛認識時的曲矢很像。

俊一郎看著拿唯木沒轍、正嘆了口大氣的曲矢，勉強克制住自己的笑意。

「我去準備，你們稍等一下。」

對她拋下這句話，便走進裡頭的房間。

說要準備，其實也就只是拿個包包而已。包包裡頭早就放好幾天份的換洗衣物。以前都是臨到出門前才整理，後來聽了亞弓的建議，就改成現在這種做法。當然，他才不會告訴曲矢。他都能想像曲矢聽了之後怒吼「亞弓可不是你老婆」的模樣了。

「那我出門了。」

之前請亞弓看家時，道別的招呼語總令他難以啟齒，現在也能正常說出口了。習慣真是件可怕的事。

「妳讀完書，準備好小俊的食物，還有要關門窗——」

「沒問題，包在我身上。」

她露出可靠的笑容，一旁的——實際上是下面的——小俊一臉欲言又止的模樣。

「喂，動作快點。」

但曲矢開口催促，俊一郎最後也只是摸摸小俊的頭，說聲「掰囉」，便快步走回接待區。小俊也只是「喵」地叫了一聲。

「我有話跟亞弓說，你們先下去。」

結果曲矢自己卻說了這種話，俊一郎正要開口抱怨時，念頭一轉又想到這是個好機會。

「好，我們走吧。」

他主動叫唯木一同離開事務所，在朝外頭停車場的祕密警車走去時，他裝作忽然想到的模樣。

「對了，新恒警部好像不太妙呢。」

他設下圈套準備賭一把，結果……

「我什麼都不知道。」

卻換來無從判斷是成功還失敗的結果。

對方是唯木時，就會是這種結果吧。

她就是個不會變通的直腸子，也不能說好或壞。即使她知道什麼關於新恒的消息，只要曲矢下令不許講，她大概就算嘴巴裂了也不會透露分毫。而如果她完全不知情，也絕不會用「咦？你是指什麼？」這種輕鬆態度回應。

只是……

她也是個人。俊一郎說出口的是黑搜課負責人的名字，而且還是用這種意味深長的問法，就算她回答的神態依然拘謹，難道真連一絲的猶豫都沒有嗎？

……新恒警部果然是出事了吧？

難不成是被黑術師抓走了……？

不過如果真是這樣，外婆第一個就會接到消息，俊一郎當然也會聽說，現在應該已經在和曲矢等人一起擬定營救策略了才對。

可是……

萬一黑術師拿新恒警部的性命要脅不准告知俊一郎跟外婆，曲矢他們勢必也只能乖乖聽話。

只是情況……

真的是這樣嗎？這實在幻想過頭了吧？搞不好都接近妄想的程度了。

幸虧唯木向來不說廢話，俊一郎才有個空檔可以深思。曲矢來了。

「我已經好好告誡過亞弓了。」

「告誡什麼？」

「叫她如果幫你顧家，就要拿薪水。」

「你的有話要說，就是指這個喔。」

「這件事很重要吧。」

三人坐進車裡，警車正要駛出停車場前，俊一郎瞄到有個人影快速閃進大樓與大樓之間的縫隙，那背影看起來像個國中生，因此他並沒有特別在意，直到車子慢慢駛離事務所，內心才莫名起疑。

簡直就像在避免被我們發現一樣……

俊一郎驀地回頭望去，正好看見產土大樓消失在另一棟建築物的身後。

「你有看到剛才的人影嗎？」

他問曲矢，但後者一臉疑惑。

「有一個人影跑進我那棟大樓跟隔壁大樓的中間，好像在躲我們。」

「黑衣女子嗎？」

「不是，看起來像個國中生。」

曲矢對這件事沒有任何反應，唯木也依然沉默不語，俊一郎卻不知怎地感覺到，兩人之間似乎存在著某種默契。

現在這是怎樣……

車子朝DARK MATTER研究所一路奔馳，以前每次唯木在前面開車，他們兩個就在後面討論案情，當然也不忘像雙口相聲一樣拌嘴。這一刻卻沒人開口說話，車內氣氛隱隱顯得凝重。

俊一郎對於車窗外呼嘯而過的景色視而不見，隨著目的地越來越近，他的內心益發不安。

自己接下來在研究所要設法完成的任務，真的是阻止肇因於開除成員的殺人案發生嗎？

在這種連方向都不明朗的狀態下，俊一郎內心泛起無可言喻的懼意。

黑衣女子（二）

凶手提出想碰面的要求。

黑衣女子卻拒絕了。

因為她明白眼下並沒有發生任何超出預期的狀況，對方只是想要炫耀一下成功開啟第一位犧牲者的九孔之穴這件事。

一旦咒術啟動後，就不再與凶手接觸。

雖然並沒有特別立下這種規矩，但她至今都一直保持著這項原則。

為了讓凶手盡早獨當一面。

如果硬要說出個理由，大概就是這一點了。不管怎麼說，凶手已經獲得黑術師的咒術這項最厲害的「凶器」了。這簡直就是最令人忌憚的凶器，同時也是充滿瘋狂氣息的凶器。

這樣還不夠嗎？

她認為除了教導凶手施展咒術的方法，自己就沒什麼能做的了。

不過，偶爾會出現不一個步驟一個步驟引導就成不了「凶手」的對象。即使當初在挑人選時，就已經先評估過適合與否了，但有些精神層面的狀況，不到實際運用咒術的階段是看不出來的。

儘管如此，她也決不會縱容。若她認為必要依然會出手相助，只是基本原則仍是置之不理。就算對方自取滅亡也無所謂。

反正這個世界上，有潛力成為「凶手」的人多的是，這些人因為一些自私的理由輕易就能犯下殺人案……

七　關係人的死視結果

幾人在半路上吃午餐，然後又陷在塞車行列中動彈不得，等他們抵達覺張學園都市的DARK MATTER研究所時，都已經下午三四點了。

俊一郎及曲矢被領到接待室後，海松谷院長及海浮主任立即現身。前者是位身材微胖又看起來強勢、西裝筆挺的男性，而後者是骨瘦如柴、身穿白長袍的樸素女性。

唯木一到研究所，就與其他的黑搜課搜查員一同負責沙紅螺等人的警衛工作。看來這棟研究所內已經布下了萬全的警備。

眾人紛紛自我介紹後。

「你長成一位出色的青年了……」

海松谷神情感慨地盯著俊一郎，讓他不曉得該作何種反應才好。

「以前我跑到愛染老師的奈良老家，悄悄躲在陰影處偷看時，你還是一個可愛的小男生。」

「……啊。」

他尷尬地點頭應和。

隨後，「沒這回事，他只有身體長大而已，內心還是個小鬼。」

曲矢一副監護人的姿態代為回話。

要是平常，俊一郎肯定會出言反擊，但此刻內心卻是感激萬分。而且這位刑警終於展現出像他平常該有的反應，這一點也讓俊一郎鬆了口氣。

「我那時真的很希望你能夠來這間研究所，只是愛染老師堅決不肯，弦矢駿作老師也不同意，兩人都堅定表示『這孩子我們要自己帶』。」

「怪不得你這麼陰沉，都是因為整天關在奈良鄉下的家裡。」

曲矢在一旁插科打諢，海松谷卻彷若沒聽見一樣。

「當時我還是全心投入在這間研究所上。」

他的眼神飄得老遠。

「如果以前有來這種出色的機構裡好好鍛練一番，你或許就不會長成這種性格惡劣的小鬼了。」

「那時候我對於孩子們的特異能力，懷抱著遠大的夢想。」

「現在開始也不遲，要不要重新教育一下這小子？」

兩人講話時根本都沒在理會對方的反應，內容卻正好接得上，聽起來頗為滑稽。

一旁的海浮從剛才就一直很沉默，卻已經讓俊一郎認定她令人難以招架了。因為她從頭到尾都一直緊緊盯著俊一郎的臉不放。

「院、院長──」

海松谷跟曲矢的對話一出現停頓，海浮便慌忙插嘴。

「我聽說弦矢俊一郎先生的死視相當厲害，究竟有多厲害呢？」

接下來，眾人被迫聽海松谷滔滔不絕講述過去外婆告訴他的有關俊一郎能力的細節，但專心聆聽的只有海浮一人，本人及曲矢臉上都寫著不耐。

「你要是進來這裡，肯定會被當成寶貝對待。」

「你幹嘛突然講這種話？」

俊一郎以為曲矢在開玩笑，沒想到他的神情很認真。

「年長組的年紀都跟你差不多吧？」

「她們可是從小就進研究所了。」

「不過看起來是你的特異能力比較優秀。」

「然後被牽連進這次的殺人案，成為黑術師咒術下的犧牲品嗎？」

「從屁眼那個洞血流如注。」

故意從九個洞裡選了肛門，就是曲矢會做的事。這麼一想，也就沒什麼好氣的，俊一郎內心反而還暗自慶幸，曲矢總算恢復正常了。

敲門聲響起，但海松谷跟海浮還沉醉在死視的話題中，完全沒有發現。

俊一郎只好起身開門，看見走廊上站著一位男性和一位老婆婆，雙方都嚇了一跳。那兩人會受到驚嚇，想必是俊一郎冷不防從門後探出頭來的緣故，而他會出現這種反應，則是因為那位老婆婆超乎常理的外表。

看不出來她到底幾歲了。頭上戴著烏黑亮麗的假髮，臉上的妝厚得幾乎跟戴面具沒有兩樣，而且她身上穿的衣服，不是二十幾歲的女生在穿的嗎？

……嘔。

俊一郎的表情頓時僵硬，她又發出嘻嘻嘻嘻的奇異笑聲，一陣惡寒隨即沿著他的背脊往下直竄。本人可能以為自己露出了親切的微笑，不過那張好似要讓厚厚一層妝應聲裂開的笑容，在他眼裡看來簡直就像是小丑妖怪的咧嘴大笑。

外婆雖然也常宣稱自己青春永駐，頂多只是嘴上講講，就算偶爾會說出穿泳衣這種恐怖發言，絕不會化為實際行動。就是因為這樣，他才願意陪她講那些沒營養的五四三，可是眼前這位老婆婆不同。

她就是外婆的妄想化為現實的模樣。

呆了好幾秒，俊一郎才慌張要關上門，但旁邊那位男性令人難以置信的發言，讓他頓時停下動作。

「不好意思，你就是死相學偵探弦矢俊一郎吧？這位是DARK MATTER研究所的會長，綾津瑠依女士。」

俊一郎整個人傻在原地。

這、這個人就是外婆之前說的那位會長……

海松谷院長跟海浮主任給他的印象雖然也說不上好，但眼前這位女士是完全不同層級的，已經徹底超越好壞的問題了。

「我是瑠依～」

她好像想要勉強擠出甜美的語調，結果老婆婆又尖又細的聲音，聽得俊一郎頭都疼了。

「我是副院長，仁木貝。」

近幾年少見的黑框眼鏡，彷彿剛經歷過爆炸般的頭髮，濃密的鬍鬚從雙頰一路爬到下巴及嘴巴，鬆垮垮的白袍——這位男性的外表看起來就像一位瘋狂科學家。

就算這樣，還是遠比綾津瑠依來得正常多了。由此可知，會長的外表到底有多麼詭異。

「院長跟主任剛剛好像聊弦矢先生的事聊得很起勁呢。」

仁木貝低沉而安穩的聲音聽在耳裡十分舒服，感覺是這四人中最可靠的對象。

或許是因為這樣，俊一郎不由自主地說出方才閃過腦海的詞。

「……供品。」

「咦？你說什麼？」

仁木貝露出不解的神情，一旁的瑠依又嘻嘻嘻地笑了起來。

「不愧是阿俊，居然發現了。」

俊一郎的內心立刻浮現了兩個念頭。

第一個是想反駁「誰是阿俊呀」。另一個則是訝異她居然懂那個詞的意思。

「會長，可以麻煩您解釋一下嗎？」

仁木貝客氣提問，會長本人臉上掛著奇異的笑容，只是直勾勾地盯著俊一郎。

「其實，也沒什麼大不了的。」

俊一郎迫於無奈地開口。

「院長的名字『海松谷』裡頭的『海松』是一種海藻。主任『海浮』裡有『海』字，你的『仁木貝』裡有『貝』字，我剛剛就是突然想到這些都跟拜神明時的供品有關而已——」

「啊啊，是這個意思呀。」

仁木貝恍然大悟，貌似也對俊一郎能注意到這一點心生佩服。

「這當然是巧合吧？」

因此俊一郎也好奇追問。

「也能算是會長湊的吧。」

咦……？仁木貝的答案簡直令人大翻白眼。

用姓名來決定員工的人選嗎？

聽起來是令人懷疑，但她可是這間極為特殊的研究所的會長，或許這種無法用常識理解的人事判斷，在這裡只是稀鬆平常的事。

俊一郎避免將臉轉向依然一直盯著自己的瑠依。

「請。」

他側過身子請兩人進房。

「會長似乎很欣賞你。」

仁木貝在經過時低聲告訴他這件事，讓俊一郎的兩隻手臂都起了雞皮疙瘩。

「阿俊，你真的好可愛喔。」

瑠依嘴裡誇獎手上也沒閒著，老實不客氣地摸了他的手臂一把，俊一郎差點就忍不住慘叫了。

要是小俊在這裡……

這個老婆婆應該也喜歡貓，牠就能救我了。儘管他這麼想，但小俊聰明機靈，肯定早就溜之大吉了。

……可惡，好想走人。

他在內心兀自發牢騷時，海松谷和海浮似乎終於發現會長與副院長的到來，慌忙起身，不過他們的神情看起來都不太自然。

不，這也是情有可原。

畢竟會長實在太驚人了……

俊一郎立刻懂了。雖然不曉得她手中握有多大的權力——看起來是壓倒性的強大力量——光看一眼院長及主任的態度，就能明白他們完全震攝於會長的氣勢。

「該怎麼進行好呢？」

仁木貝極為自然地擔任起會議主持人的角色，讓俊一郎稍微鬆了口氣。

「首先必須用死視看過所有關係人。」

「所有職員嗎？」

「研究所方面是這樣，還有學生宿舍的人該怎麼辦？」

「那些就不用了吧。」

曲矢插話，目光卻朝著其他方向。怎麼看都是為了避免不小心看到瑠依的身影。

就連曲矢刑警……

看起來都感到畏懼，綾津瑠依的存在感實在太強烈了，只不過是不太好的那種強烈。

「對方的目標沙紅螺是年長組的，早就搬出學生宿舍了，我也認為只要看研究所這邊就夠了。」

聽到仁木貝的意見，海松谷跟海浮都點頭附和。

順帶一提，在這起案件告一段落之前，年少組禁止出入研究所，由職員過去學生宿舍授課。

「就算只有研究所，阿俊的負擔也相當大吧。」

瑠依關心他，令俊一郎心裡五味雜陳。尤其是她叫「阿俊」時，隔壁的曲矢明顯在極力忍笑。

「之前那次，你同時用死視觀看太多人結果就昏倒了。」

但曲矢也擔心他。

「如果可以借用這間房間，我就能逐一死視。」

最後，大家採納了俊一郎的這項提議。曲矢堅持陪同，俊一郎怕死視時會分心便拒絕了。其實真正的原因是，他認為和年長組成員面對面交談時，旁邊要是有個一臉凶樣的刑警在，會讓她們受到影響。

眾人也稍微討論了一下是否該將死視結果告知本人，不過新恒在聽過沙紅螺的敘述後，便找海松谷院長討論過這次的情況，兩人的談話內容也都有分享給職員知曉。再來，沙紅螺已經跟雛狐和看優講了，事情也早就透過這幾個女生傳到其他夥伴的耳裡。由此可見，就算隱瞞結果也沒多大意義。

「為了提防凶手的邪視，所有關係人都清楚誰身上有死相不是比較好？」

俊一郎的想法獲得一致認同，後續便即刻通知研究所內眾人，讓大家先有個心理準備。

因此，最後只剩俊一郎一個人留在接待室，開始用死視觀看所有關係人。

第一位是綾津瑠依，讓他馬上就心生厭煩。由於她是會長，才將她排在第一個，可是一想到兩人必須獨處，就算只有短短幾分鐘，他心裡依然湧出想立刻逃出這裡的衝動。

「沒有出現死相。」

他很快道出結論，想要趕緊趕她出去，沒想到對方卻頻頻主動發問，而且還都是「你有女朋友嗎？」、「你喜歡怎樣的女生？」這種跟案情毫無關係的問題，瑠依連珠炮般的猛烈攻勢讓俊一郎招架不住。

「曲矢刑警！」

結果死視才剛開始，他就落得向以防萬一守在走廊上的曲矢求救的下場。

第二位是海松谷院長，與沙紅螺相同的紫色薄膜覆蓋住他的全身。俊一郎告訴他這項事實後，他只是沉默地點頭。就算問他認為誰是凶手，他也說沒有特別懷疑的對象。

正當俊一郎在心裡嘀咕他似乎不太合作時……

「雖然新恒警部說沒有關聯，但有件事我還是先告訴你。」

他用平淡的口吻道出一項令人震驚的事實——這一年來，研究所收到好幾次威脅信。

「裡面都寫了些什麼？」

「說……要將研究所實際在做的事公諸於世。」

「對於威脅者是誰，你有想法嗎？」

海松谷無力地搖頭。

「新恒警部的判斷是那些威脅信跟這次的案件沒有任何關係？」

院長用力點了下頭。

「雖然是這樣，但弦矢先生，既然已經委託你協助調查這件事，我想還是先告知你比較好。那麼接下來就麻煩你了。」

語畢，他低頭致意完，打算離開接待室。

「那個，我有一個單純的疑問。」

俊一郎慌忙叫住他。

「是什麼？」

「新恒警部會認為那些威脅信跟這次的案子沒有關係，是因為那並不符合黑術師做事的風格，我也贊成警部的看法。」

「原來如此。」

「這次案件最大的特徵是，凶手的犯案動機在於研究所要刪減經費只好開除成員的這個情況——現在看起來是這樣。」

「我的認知也是如此。」

「既然這樣，先撤回這項決定避開這次的危機，應該是目前最妥當的處理方式，你怎麼想呢？」

「這是國家決定的事，不可能現在說改就改。」

「那不如就立刻開除那些人，這樣犯案的理由就消失了。這個方法你覺得如何呢？」

「這種重大決議，沒辦法光憑研究所的意思。」

看來海松谷雖然貴為研究所院長，他頭上還是有多位「高層」存在。或許正是因為新恒警部也理解這種權力結構，現在才會演變成這種情況。

到頭來，那位警部畢竟也是個官僚。

俊一郎心裡難以接受這種答案，不過他只是區區一介偵探，什麼也改變不了。

第三位是仁木貝副院長，他身上沒有出現死相，也說不曉得誰會是凶手，恭謹地低頭致意後，便退出房間。

第四位是海浮主任，她身上出現了跟海松谷一樣的死相。俊一郎坦白告知後，她想要了解更多細節。只不過她好奇的似乎並非自己身上的死相，而是他的死視能力。她完全以研究者的身分在發問，俊一郎只好冷淡宣告「妳的死視結束了」，將她趕出門。因此跟瑠依那時一樣，沒機會問「妳認為誰是凶手」。

接著又用死視觀察了五位職員——其中一位是醫務室的醫師——沒有任何人身上有出現死相。只是醫師以外的四人中，有兩人一直想向俊一郎打探消息，在發現俊一郎並沒有要回答的意思後，才終於打消這個念頭。

研究所現在到底發生了什麼事，這些職員雖從院長口中聽說了大概，卻不清楚詳情，才會想嘗試從俊一郎口中套話。但他們事先都被叮嚀過不准碰這件事，才沒有深入追問。

來。

俊一郎暗忖，那兩位職員的行為應該就是這樣來的。

終於輪到年長組了。沙紅螺在偵探事務所時就用死視觀察過，也談過話了，因此就讓她第一個進來。

「妳們那個會長是怎麼回事？」

她一在眼前坐下，俊一郎就立刻開砲，但是——

「她太少過來，我就忘記了。」

沙紅螺若無其事地回應，令他大為火光。

看來正如外婆所說，她平常不會出現在研究所，只是沙紅螺可以事先提醒他研究所有個會長，還是這麼難應付的奇特人物。她沒做到這點，不管有什麼理由都是她不對。

「那是會不小心忘記的人嗎？」

「就是因為那樣，才想要趕快忘掉呀。」

沙紅螺這句話的確有道理，俊一郎也無話可說了。

「不過副院長很正經，還行吧。」

「……我的感覺也是這樣。」

「那個人值得信賴，只是他也很少來研究所，我猜他的工作應該是負責與外部交涉。」

換句話說，對沙紅螺等人而言，海松谷院長與海浮主任是經常相處的人，而瑠依會長及仁木貝副院長則是疏遠的存在。

所以才會前兩者身上出現了死相，後兩者則沒有嗎？

腦海中才歸納出這個結論，俊一郎又立刻發覺還有另一種解釋方式，頓時全身肌肉就繃緊了。

該不會正因為其中一人是凶手，所以身上才沒有出現死相吧……

九孔之穴這門咒術，如果不湊齊九位犧牲者，就沒辦法施展。只是那九人也可以包含凶手自身，反正隨時都可以在途中喊停。不過任誰都希望盡量避免在自己身上施加術法，如果是預計將要執行慘連續殺人案的凶手本人，應該更是難免這麼想……

不，正因為是凶手，想要保全自身的念頭想必更為強烈。受黑術師的咒術保護，躲在術法後頭待在安全領域的同時，一一清除妨礙自己的人。凶手既然如此自私又卑鄙，毫無疑問會盡量避免犧牲自己人。

同樣的推理，也能放在包含醫師在內的五位職員身上。

俊一郎推理到這裡時，「喂～該回來了」，沙紅螺的聲音讓他猛然回過神。

「弦矢，你剛剛完全陷進自己的小世界了。」

俊一郎心裡有些猶豫，仍將方才的推理告訴她。

「嗯……要說會長跟副院長是凶手，感覺不太對。」

但她不太贊同。

「妳有什麼根據嗎？」

「該怎麼說呢，他們並沒有在意這間研究所到會為此引發命案的程度……」

「他們可是會長跟副院長喔。」

「雖然是這樣沒錯。」

俊一郎認為只要沒有證據能夠排除犯案嫌疑，就不該掉以輕心。然而沙紅螺遠比他更清楚內部的情況，她的看法絕不該小覷，他自然也會納入考量。

「那些職員呢？」

「那幾個人更不可能。等到開除年長組的成員後，職員的數目確實也會減少。不過雛狐跟紗椰後來有打探到，對他們而言，新工作的機會多得是，而且等新的小孩進來研究所後，還是需要有職員在。」

「妳的意思是他們沒有犯案動機嗎？」

關於這一點，稍晚俊一郎有去詢問院長，獲得了一模一樣的答覆。

「在對我們的熱情這一點上，相較於院長及主任，職員們似乎相當淡漠。不過院長最重要的熱情這幾年也冷卻了大半，所以我也搞不清楚現在是什麼情況。」

四位職員及醫師幾乎是清白的，但會長及副院長目前算是處在灰色地帶——俊一郎在心中下結論後，便單刀直入問道。

「對了，關於新恒警部——」

他原本有點遲疑是否該提及這個話題，但既然曲矢和黑搜課全都守口如瓶，眼前只剩下問沙紅螺這一條路了。

「除了妳一開始找他求助那次，後來還有碰過面嗎？」

「沒有。」

她搖搖頭，雙眼凝視著俊一郎，好似正在推敲這個問題的意涵。

「妳是前天被黑色人影追，昨天找新恒警部談話，接著今天早上，妳過來我的事務所，所以我現在人才會在這間研究所。」

「嗯，沒錯。」

「也就是說，搜查方最開始跟這次案件扯上關係的人是新恒警部，而且他還是黑搜課的負責人，可是警部後來就不見人影了，原本他有極大可能會親自在這間研究所指揮調度的。」

「平常都是這樣嗎？」

聽到這個疑問，俊一郎稍微思考了一下。

「……倒也不是，確實有時候現場會交給曲矢刑警負責，直到案件要解決時新恒才現身。」

「那這次也——」

沙紅螺鬆了一口氣，俊一郎卻再度陷入迷惘，忍不住將曲矢說的「新恒不在」這句無從理解的話，原原本本地告訴她。

「怎麼這樣……」

沙紅螺臉上浮現了極為困惑的神情，接著，

「我是不曉得發生了什麼事，但那個性格差、叫曲矢的人怎麼可以這樣講，根本沒資格當刑警吧。」

「喔，還好啦，他雖然是問題不少，不過應該是把我當成了自己人，講話才沒有顧忌。只是妳不覺得事情很奇怪嗎？他透露了這種大消息，卻又不肯講重點，新恒不在的理由……」

「這的確是……」

她露出苦惱的神情，才開口問：

「你的意思是關於新恒警部不在這件事，曲矢刑警有所隱瞞？」

「我想來想去，只有這個可能……」

「不過那個人看起來這麼魯莽，藏得住話嗎？」

俊一郎大笑同意，這形容實在太貼切了。但他臉色忽而又凝重起來。

「或許警部出事了。」

而且搞不好跟黑術師有關——他向沙紅螺坦白自己的擔憂。

「不可能吧……」

沙紅螺反駁的同時，露出了十分不安的神情。

「不管怎麼說，應該是你想太多……」

「如果只是這樣就好了……」

這時門突然開了，談話中的主角曲矢探出頭來。

「發、發生了什麼事嗎？」

「咦？不會吧？」

看到俊一郎的反應，沙紅螺也慌忙跟著問，然而——

「我身為監護人有點擔心，怎麼這麼久，你們該不會是在裡面打情罵俏吧？」

曲矢找碴似地胡說八道，讓她頓時滿臉通紅。

「怎、怎麼可能。」

俊一郎自然也生氣了。

「而且你說什麼監護人啦。我跟她都已經成年了。」

「你們別搞錯，我可不是反對自由戀愛，只是你們也要挑一下時間跟地點。」

曲矢還繼續開著惡劣的玩笑。

「我先出去了。」

沙紅螺大概是待不下去了，快速從沙發起身走出接待室。她經過門邊時，看都沒看曲矢一眼，大概是在表達微小的抗議。

「如果你要搗蛋……」

俊一郎也正要開口抱怨時——

「好，那就換下一個人。」

曲矢立刻轉身離開，去叫年長組的第二位成員了。

八 凶手是誰呢？

下一個是雛狐。順帶一提，七個人的順序是由俊一郎決定的。並沒有特別的理由，就是按照沙紅螺在事務所講述事情經過時，每個人出現的順序。

雛狐跟沙紅螺不同，給人一種非常成熟的印象，寒暄的語氣也十分穩重。

「你好，請多指教。」

略顯圓潤的外型，與她悠哉的個性相符，給人的印象有點像亞弓，俊一郎不自覺地感到安心，可是……

她會讀心術。

這項事實閃過腦海之際，疑心便不自覺萌芽。那副溫和沉穩的模樣搞不好只是她故意擺出來的吧？要是在親切神態的背後，她其實一直在竊取我的內心……俊一郎忍不住要防備起來。

不過一轉念，俊一郎頓時領悟原來每個到偵探事務所來的委託人坐在自己面前時，內心都充滿了這種不安……

一想到這兒，心情反倒輕鬆了。他明白怕對方讀取自己內心，不過是杞人憂天而已，對方根本沒有這種意思。因為俊一郎就是這樣，接受委託後，才會用死視觀看對方。在了解自身特異能力的恐怖之處後，或許這也是一種自我保護的措施。

雛狐跟院長等人相同，身上也出現了死相。從聽到這項事實後的反應看來，她原先應該是做好心理準備才來的，不過仍舊一時難以接受。

「妳還好吧？」

「……嗯，我沒事。」

雛狐回話時勉強擠出一絲笑容，表情繃得緊緊的。

「妳身上的死相跟其他人一樣，並不是只有妳。」

俊一郎不由自主地出言安慰，卻又馬上發現自己的話沒有達成任何效果，便不再說話。

雛狐似乎也發現了這個情況，氣氛頓時有點尷尬。

「你能善用自己的能力當上偵探，真的很厲害。」

她好意改變話題，俊一郎才勉強得以延續對話。

「這不是我的主意，是我外公建議的。」

「喔，是外公呀。」

雛狐回話的語調似乎帶了幾分羨慕，俊一郎才突然想到。

七人中有好幾位在進入研究所時，可以說是遭家人拋棄了……

正因如此，她對於俊一郎擁有一個非但不怕自己外孫的特殊能力，還將其視作一種才能，向他提議不如靠死相學偵探謀生的外公，想必是打從心裡感到羨慕。

「不愧是位小說家，看事情的角度好獨特。」

「只是一個賣不了幾本書的非主流怪奇作家。」

雛狐看似是打起精神了，俊一郎也就隨口回應。

「你外婆也很厲害對吧？有這種外公跟外婆真好，你真幸運。」

結果她還一直在講對於弦矢家的嚮往，俊一郎不得已只好拿出公事公辦的態度，立刻將談話拉回正題。

「我聽說妳的特殊能力是讀心術。」

「……沒錯。」

她的表情又頓時繃緊。

「對妳來說，有分容易讀取跟難讀取的人嗎？」

雛狐點頭。

「不只對象有差，跟對方之間的距離，還有所在地點的情況，也都會有很大的影響。」

「這種時候，妳都知道自己為什麼讀取不了嗎？」

「通常都能知道。」

「沙紅螺遭受襲擊，向黑搜課的新恒警部求助後，後者懷疑這件事跟黑術師有關，所以她來找我想辦法。到這邊的事，妳都從沙紅螺那邊聽過了。」

「嗯，沙紅螺有告訴我跟看優。」

「沙紅螺跟我說，後來妳嘗試用讀心術去讀取周遭其他人的內心，結果卻完全沒有收穫……妳認為原因是什麼？」

「……我、我不知道。」

「像是黑術師在暗中阻撓之類的？」

「……我、我真的什麼都不知道。」

黑術師出手阻撓的可能性很高，因此就算雛狐的讀心術無法發揮功效，也是十分容易想像的結果。可是，她對於無法施展讀心術的理由沒有任何猜想這點，令人感到有點不尋常。即便不清楚是什麼咒術，照理說也會有……遭受到妨礙的感覺才對呀。

這一點，從雛狐方才的話裡就能清楚推知。

然而，為什麼她卻一口否定，堅持自己什麼都不知道呢？

就是因為其實讀心術成功了，她也曉得凶手的真面目，但她要維護那個人……

——這樣的推理在俊一郎腦中慢慢成形。

儘管她給人的印象是……看起來如此人畜無害的女性，但人類心底能夠潛藏的黑暗實在是深不可測，無論對方是多麼文質彬彬的聖人君子，可說也絕無例外，俊一郎對峙的黑暗勢力便是如此強大。她在說謊。

這份疑心一直揮之不去，雛狐的死視就結束了。

最後問她有沒有覺得誰是「嫌疑犯」時，她快速搖頭，這個舉動又令俊一郎強烈懷疑她沒有說實話。

第三個人是火印，他有一頭自然捲、粗黑眉毛、瞇瞇眼、團子鼻、厚嘴唇，是一張個性鮮明的臉孔。

不過俊一郎絲毫不認為有哪一個部位是敗筆。同時還能看出他體格十分健壯，是令人讚許的那種魁梧身材。

儘管如此，他給人的印象卻稱不上良好，原因就出在於那雙宛如在窺視別人的眼睛，想來是他的自卑心態也造成了影響。

「聽說你是能看見死相的偵探，我還以為是個怎麼樣的人咧，結果根本長得像個模特兒。」

「模、模特兒？」

俊一郎詫異地看向他，火印旋即別開視線。

「從來沒人這樣說過我。」

但他失落地望向一旁後，眼神又立刻鋒利如劍。

「有一好沒兩好——這種話果然是騙人的。自從來到這間研究所，我深深體會到這一點。」

特異能力加上出色容貌，似乎是他非常在意的點。說起來確實沙紅螺五官精緻，雛狐也長得很可愛，但大家不管外表多麼吸引人，因為擁有不同於常人的特殊能力，都曾遭受歧視、霸凌，擁有一段憂傷的過去不是嗎？

俊一郎這麼詢問後，火印依然堅持自己的想法。

「不過只要長得好看，就是一種救贖了。」

這種時候就算俊一郎分享自己的親身經歷，告訴他那是錯誤的觀念也沒有用。只要我有一張俊俏臉蛋……一心執著在這一點上的當事者一路來的所思所為，想必也沒有錯，更何況心理諮商也不是死相學偵探的職責所在。

用死視觀看火印之後，眼前出現了與其他人相同的畫面。火印聽到後，看起來是爽快地接受了這項事實。

「你懷疑誰是兇手？」

面對俊一郎的問題，他一開始與雛狐同樣搖著頭。

「借助他人的力量，這麼沒出息的作法，很像翔太朗會做的事，但他有這種膽量嗎——一想到這一點，我就有點難以置信……老實說，我不太清楚。」

他的回答會如此自相矛盾，是因為也聽過沙紅螺堅決表示「兇手就是翔太朗」嗎？

「你剛剛提到膽量，指的是奪取夥伴的性命嗎？」

「就算不用自己動手，這毫無疑問也是在殺人吧。那種頭腦簡單四肢發達的傢伙，有辦法承受這麼龐大的壓力嗎？」

火印的意見合情合理，不過俊一郎身為死相學偵探的經驗，反倒給他一個相反的視角。

正因為是如此軟弱的人，獲得對於自身來說絕大的力量時，才更容易變身為駭人的怪物。而且一旦行為開始失序，就再沒辦法靠自己的力量停止。

只是現在尚未確定翔太朗就是兇手，俊一郎就沒有告訴火印這些。

「已經好了嗎？」

俊一郎一言不發，火印只好主動發問。

「嗯，接下來是阿倍留——」

「我弟只要我不在，就不會開口說話。」

「聽說是這樣。」

俊一郎是希望最好能一對一談話，但情況不允許時也只好妥協。

「直接請他過來嗎？」

「我一開始就是這樣想……」

話到一半就斷了，火印陷入沉默，俊一郎不免狐疑地看著他，沒過多久，曲矢就從門邊探出頭。

「我還沒過去叫他，人就自己來了。」

在刑警身旁，站著一位令人屏息的美少年，臉上不帶絲毫表情地環顧四周。

「他是阿倍留。過來這邊。」

火印先向俊一郎介紹，再朝弟弟招手。

「你不會是用心電感應叫他來了吧？」

晚了好幾拍俊一郎才恍然大悟，火印調皮一笑。

「平常沒什麼機會單純為了嚇對方一跳而使用這個能力，我就一時忍不住……」

俊一郎聽了他的解釋，表情立刻和緩下來，不過相視而笑的只有這兩人，阿倍留依然面無表情。

如果有一個長這樣的弟弟……

俊一郎似乎稍微能理解火印複雜的心境了，但這份同理心並不長久，因為不管他如何絞盡腦汁主動搭話，阿倍留都沒有任何反應。白白生得一張這樣好看的臉……俊一郎內心不禁惋惜，滿是束手無策的無力感。

簡直就像個娃娃……

俊一郎首次遇見適合這種形容的人，原因或許不僅是那張清秀臉蛋，看起來低於實際年齡、國中生般的纖瘦身材也造成了影響。

他馬上用死視觀看，結果同他哥一樣。就算告知他這項事實，阿倍留也毫無反應。

「他有受到打擊嗎？」

俊一郎沒轍了，只好轉頭問火印。

「沒有。我們事先都知道情況了，我跟我弟都沒有太……」

「就算我問他認為誰有嫌疑，他也不會回答我吧？」

「你覺得誰有嫌疑？」

對於哥哥的問題，弟弟看起來沒有絲毫反應。

「哈哈，他說所有人。」

伴隨著乾澀的笑聲，火印代為回答。看來是又用心電感應了。

「你們平常交流時也幾乎都不講話嗎？」

俊一郎出於好奇心詢問，火印神色忽然轉為認真。

「通常不用刻意問，我也能立刻知道他有什麼感覺。而我不知道時，阿倍留也會在我問之前，就先用心電感應回答我。只是這幾年我開始有點搞不清楚了……」

「什麼意思？」

「到底是我從過往的經驗迅速察覺我弟的心情呢？還是其實是他用心電感應回答我的？有時候我會分不出來這兩者……我認為這不是個好現象，我怕最近我該不會是無意識地捕捉到阿倍留的想法了吧……有時候我會這樣想。」

仔細思考，這或許是一個十分恐怖的狀態。萬一是研究所的訓練導致了這個結果，那就更悽慘了。

俊一郎不知道該說什麼才好。

「已經好了嗎？」

火印問了跟方才相同的問題後，便帶著阿倍留離開。

跟這對雙胞胎交手，讓俊一郎精神上有些疲勞。大概是他忽然在腦海一隅想像起……要是我有個兄弟，又擁有類似的特異能力……的緣故吧。

下一位，看優給人的印象與這對兄弟截然不同。她相貌平凡，與沙紅螺跟雛狐都不同，不過個性開朗又愛撒嬌。

她劈頭第一句話就是——

「咦？沙紅螺沒跟我講你居然這麼帥，太過分了，我都不曉得！」

「……這、這個，謝謝妳。」

俊一郎罕見地害羞起來，甚至還下意識道謝。

「阿倍留確實是個令人驚嘆的美少年，但他這人對什麼都沒反應，實在太難搞了。沒辦法講話，我是不能接受的。相較之下，弦矢偵探，你雖然好像有點害羞，肯定正常多了。」

「……這、這樣呀。」

「只是你看起來很有主見，與相同性格的沙紅螺保證合不來，大概兩三句就會吵起來。雛狐的話，應該會溫柔地包容你，但這下兩人反倒相互顧慮太多，難以有所進展。換句話說，就只剩下我啦。」

這時，看優一副突然想起什麼的模樣。

「還有紗椰，但她最好算了。她可能比沙紅螺還美，不過那女人跟冰山一樣冷。弦矢偵探，你要是和她交往，絕對不會幸福的。」

尚未謀面的紗椰在我心中的形象已經越來越糟糕了，能從第三者口中獲得情報是求之不得，可我也不希望自己的評斷有所偏頗。

看優絲毫沒留意到俊一郎的擔憂。

「啊～～還是你已經有女朋友了？」

一個人逕自講個沒完沒了。

「不，在我看來應該是沒有。」

「這件事先擱到一旁，我們來討論正事——」

「有什麼關係，這不是很重要的事嗎？」

「為什麼？」

「偵探這種職業雖然會遇見很多人，但要遇見對象的機會不多吧？我們也一樣，既然際遇類似不如就——」

「妳不管新恒警部了？」

沙紅螺的話閃過腦海，俊一郎不假思索地脫口而出。

「討厭，沙紅螺說的吧？」

看優雙頰泛起紅暈。

「我不在意年齡。那個年紀的男人反倒有成熟的韻味，如果又有警部這麼帥，那其他的一切我都可以不管。只是可惜現在卻搞成——」

看來她打定主意要講到天荒地老了。

「我現在要用死視來看妳了。」

俊一郎像要截斷她的話般果斷宣告。

「好。」

沒想到她竟然立刻同意，令俊一郎大吃一驚，暗自反省自己應該要早點拿出強勢的一面。不過往好處想，能聽到她對其他成員的評價，或許也算是意外收穫。

「不好意思——那個，不會痛吧？」

看優神色略顯不安，剛才滔滔不絕的氣勢轉眼間就消失得無影無蹤。

「對我會造成負擔，但妳一點感覺都不會有。」

「弦矢偵探，這會傷到你自己嗎？」

她的表情與語氣都顯示出她是真誠地在關心他。看來儘管能力殊異，同樣身為一個特殊能力者，難免會為他擔憂。

「如果一次用死視觀看幾十個人的情況。」

俊一郎明瞭對方的心情，因此立刻予以否定。

「像這次一個個輪流觀看，中間還有隔開一點時間，就不會出問題。」

「那就好……」

看優鬆了一口氣，重新在沙發上坐好，挺起背脊。然後便閉上雙眼，應該是害怕死視吧？

「好，結束了。」

「咦？已經完了？」

她驚愕到傻笑，下一刻神情卻又立刻嚴肅起來。

「你在我身上看到了什麼？」

俊一郎簡潔說明死視的結果，當然也沒忘記補上一句，這跟其他人身上出現的畫面相同。

「……我心裡不太舒服耶。」

俊一郎原以為她的反應會更大，結果只是輕輕說了這句話。他怕看優又會開始說些莫名其妙的話，便搶先發問：

「妳有懷疑誰是凶手嗎？」

「嗯……應該還是翔太朗吧。」

「根據是？」

俊一郎問她時內心沒有抱持任何期待，不過她似乎有自己的一番推理。

「因為第一個出事的人是沙紅螺。這次案件的動機，不管是從時間點來看，還是從雛狐跟紗椰提供的資訊來推敲，都讓人覺得原因是出在研究所要刪減經費這件事。既然翔太朗現在不能再倚仗爸媽的捐款了，自然就只剩下離開一條路可走，如果這時黑術師這種難以置信的人物居然願意出手相助……一旦有這種機會，翔太朗會同意的可能性很高。萬一真是這樣，他第一個下手的對象應該就是沙紅螺。」

動機與沙紅螺本人的敘述相同，俊一郎接著問她如果翔太朗是凶手，那可以預測一下後面幾人遇害的順序嗎？

「下一個應該是我吧。老實說我真的不太喜歡他，態度上我也藏不住，他應該也一樣討厭我。雛狐當然也不喜歡他，卻不會直接表現出來，只是她跟我們兩個很要好，會受我們連累，應該會排在第三位。」

「火印跟阿倍留呢？」

「我想想喔。阿倍留是美少年，他肯定是妒忌得要命，但與其選男生，他百分之百更樂意對女生下手。」

看優根本將他當作變態殺人魔了。

「他的性別歧視很嚴重，又完全不認同我跟雛狐的能力……這樣一來，第三個是雛狐，第四個是阿倍留，然後……會不會殺太多人了？我不曉得為了避免遭到開除應該要殺多少人才夠……」

「院長跟主任呢？」

「如果開除一事持續進行，他應該也會對院長下手吧。主任對他的評價不好也不壞，但那也是因為他爸媽捐款的緣故……主任好像有一點難判斷，不過這兩人一定在我們之後。」

俊一郎一開始還擔心跟看優的談話不曉得會歪到哪裡去，沒料到卻頗有收穫。

「我結束後，下一個人是誰？」

最後她問了這件事，卻又立刻搖頭。

「不，不用告訴我沒關係。如果是翔太朗，記得他的話你只能聽一半，如果是紗椰，小心別被她的氣勢壓倒了。」

在拋下幾句忠告後，看優離開接待室。

九　第一起命案

下一個人，俊一郎決定更改最初的計畫——按照沙紅螺敘述中出現的順序——提早叫紗椰進來。既然這麼多人都異口同聲地懷疑翔太朗是凶手，不如把他調到最後一個，先聽聽紗椰怎麼說。

看到推門走進來的紗椰，「原來如此」，俊一郎立刻懂了。她的確長得很美，身材又好，看起來也十分聰慧，再加上她擁有的特殊能力，根本徹底推翻了「有一好沒兩好」這句話。

紗椰沉默地坐上沙發，臉上沒有絲毫笑容，甚至可說是連一絲情感都不顯露出來，只是直直望著俊一郎。

「我要開始用死視觀察妳。」

俊一郎也回到過往冷淡的態度，一開口就是這句話，而她只是微微點個頭。

紗椰全身上下果然也出現了與其他人相同的死相。問她是否想知道結果，她再次微微點頭，俊一郎便描述剛剛看到的事實。

那瞬間，她的神情略微產生了變化。就算事前做了再多心理準備，親耳聽見別人說明自己身上出現的死相時，難免還是會有情緒上的波動。話雖如此，她看起來並非恐懼或畏怯，而是其他不同的情感。一直要等到她開口後，俊一郎才終於明白那是什麼。

「什麼感覺？」

「咦……？」

「看見別人身上的死相時，你是什麼感覺？」

紗椰好奇的似乎是死視對俊一郎造成的影響。

「……那要看委託人的類型，還有看到的死相種類，有可能會差很多。」

「但並不舒服吧？」

「當然。」

「會害怕嗎？難受？悲傷？」

這樣魯莽的問法，令俊一郎心生不快。

「委託人領悟到自己死期將近，才來找我用死視觀察的例子，幾乎不會有什麼感覺。」

回答時故意偏離她原本的問題，不過至少有回覆了。

「那是因為當事者已經有心理準備了嗎？」

「大概。」

「我呀，在透視時——」

她突然講起自己的事。

「有時候會感受到與那件物品有關的人們的各種思緒。雖然有一些是正面情感，但令人印象深刻的多半是相反的情況。」

聽聞她的能力並非只是單純的透視物體，俊一郎十分震驚。她居然還擁有接觸感應這種能力，能夠讀取人類殘留在物體或場所上的情感。

「不是每次。」

「要妳透視的那個物品上附著的情緒很強烈才行嗎？」

紗椰輕輕點頭。

「不能發揮那項能力找出這次的凶手嗎？」

沙紅螺說自己失敗了，雛狐也搖頭，不過紗椰看起來十分好勝，感覺有機會聽到不同的答案，因此他才刻意提問。

「沒辦法。」

她回答時似乎隱含著怒氣。

「為什麼？」

「沒辦法就是沒辦法。」

「這個我懂，但為什麼會失敗呢？總有個理由吧。」

「我不會失敗。」

看到紗椰氣憤的臉龐，俊一郎首度感到——真漂亮。想必是因為她不再擺出一張冷冰冰的撲克臉，而將情緒直接展現出來了。

「因為黑術師出手干預嗎？」

「那種不吉利的術者，是你專門負責的吧。」

她似乎有短短一瞬間的猶豫。

她難道知道什麼關於黑術師的事情嗎？

俊一郎不禁起疑，紗椰自從說出「沒辦法」後，整個人像是一直陷在一種情緒裡。憤怒……不對，是也像憤怒，但是其他的，既似憤怒，同時又更彆扭的……

……屈辱嗎？

果然是黑術師出手阻礙了吧？

沙紅螺跟雛狐沒有留意到，紗椰卻輕易發現了，可是很遺憾又沒有足以制衡的力量。紗椰雖是位出色的超能力者，也難以與黑術師匹敵。不過她抗拒承認這個事實，只好承受這份屈辱感的折磨。

就在俊一郎推敲這一連串的複雜心理變化過程時，紗椰又回到原先拒人於千里之外的冷漠神態。

「妳認為凶手是誰？」

聽到這個問題，她嗤笑一聲。

「偵探先生，這次的案件很輕鬆吧？」

「因為凶手顯而易見？」

紗椰擺出嫌麻煩的神情點頭，俊一郎並沒有將她的諷刺放在心上。

「我希望妳能清楚說出名字。」

俊一郎鍥而不捨地追問。

「翔太朗。」

她回答時露出真是麻煩死了的表情。

最後一位叫進來的，是目前已成為頭號嫌疑犯的翔太朗。才與他碰面幾秒鐘，俊一郎便忍不住要苦笑，因為他給人的印象，真的跟沙紅螺等人描述的人物形象沒有分毫差距。

他的外表絕不算差，雖然一副少爺樣，但那也能看成是出身良好的證明。儘管五官沒辦法勝過美少年阿倍留，給人的感覺至少也像是會出現在生活周遭的優秀青年……只要他不開口。

「哦……我聽說死相學偵探要來，還以為會是個像死神一樣的傢伙咧，結果看起來很普通嘛。」

如果是偵探事務所才剛開張時的俊一郎，現在大概已經一腳踹開椅子站起來了。不過他現在已能輕鬆應付這種挑釁。

「你要是一邊做牛郎一邊猜客人的死期，一定會大受歡迎，肯定也能賺不少錢。」

就算翔太朗淨說些蠢話，他也能左耳進右耳出。

「不對不對，客人應該會覺得忌諱，一個接一個走避，很快就落得眾叛親離流落街頭的下場。」

無論是多麼惡質的內容，他都能不費吹灰之力地忽視。

「所以你才會去當偵探呀。偵探這名稱雖然講起來好聽，簡單來說就是專門挖掘他人祕密的可恥職業。」

即使聽見他對於死相學偵探這份「職業」的偏見，俊一郎也不會被激得火冒三丈。

「由這樣的偵探來負責這種大案子沒問題嗎？應該沒辦法吧？在你哭著逃走之前，自己先撤退不是更好嗎？」

就連對方嚴重的誤解，俊一郎也能放寬心面對。換句話說，他的成長顯而易見。

「交通費我可以拜託我爸媽幫你出啦。」

但是，當愚蠢到無可救藥的白痴出現在眼前時，那些事自然都無關緊要了。

「是你嗎？凶手。」

「……欸。」

翔太朗嘴巴半開著，整個人當場愣住。

「你說什麼傻話，怎、怎麼可能。」

原本吊兒啷噹的他忽然怒氣沖沖地反駁。

「你亂猜也要有個限度，而且你有、有證據嗎？」

「你會這麼慌張，就是因為你是凶手。」

俊一郎毫無根據妄下的斷語，讓翔太朗大翻白眼。

「太、太亂來了。你這種傢伙根本沒資格當偵探。」

「我要用死視了，行吧？」

他毫無預警地轉變話題，翔太朗似乎有些跟不上腳步。

「喔、喔。」

不過，他還是點了頭，俊一郎便開始觀察他的死相。

「跟其他人一樣。」

將結果告知翔太朗後——

「你也有用死視看那兩個據說是會長及副院長的傢伙嗎？」

「他們是關係人。就連醫務室的醫師跟職員，我也都仔細確認過了。」

「所以出現死相的就只有院長跟主任，還有年長組喔？」

「對。」

「那我不也算是受害者嗎？怎麼可能是凶手。」

「那凶手到底是誰？」

「咦？這個……」

翔太朗說到一半，就閉口不語。

「意思就是——你完全不認為是有人從黑術師那裡學到咒術，忍不住得意忘形，想把嫌疑嫁禍於人囉？」

「你、你在胡說些什……」

他還沒說完，又像忽然想到什麼似地。

「如果不是凶手原本就有能力，也沒辦法運用那位黑術師的厲害咒術吧。從這層意義上來看，我確實有可能是凶手。」

「哦，你承認啦。」

「不過這樣的話，紗椰跟沙紅螺也有很大的嫌疑。」

俊一郎稍感意外，紗椰還可以理解，倒是沒想到他會說出認可沙紅螺的言論。

「沒有其他人了嗎？」

「最好有啦。其他都是些廢物。」

「那我就把你、紗椰跟沙紅螺三個人列為嫌疑犯——」

「等一下。」

翔太朗此刻才忽然驚覺。

「仔細想想，找出凶手是你的工作吧。靠問我們的想法來偷懶，不會太奸詐了嗎？」

他終於找回自己一貫的囂張態度，憤慨抗議。

「我說你呀……」

「結束了。」

「啊？」

「已經結束了，你可以回去了。」

翔太朗還想要嚷嚷，俊一郎只好叫曲矢進來讓他閉上那張嘴。要對抗這位刑警凶惡的眼神，他還早了一百年。

確實有點怪。

俊一郎已經徹底明白沙紅螺她們為什麼會認為凶手是他，卻同時又察覺他的性格不足以擔當一名凶手。相較於過去黑術師挑選的那幾個凶手，他實在太沒用了。

他不符合凶手的條件……

俊一郎自然也了解這項推理不夠明智，可經驗在告訴他事情不對勁。

還是內心陰暗面有機可趁的只有他呢？

無論凶手是自取滅亡或者遭到逮捕，黑術師素來都不會在意。但他一直以來都傾向於挑選聰明狡猾的人，應是為了讓案件盡可能拖長。畢竟對他來說，遊戲如果一下子就結束，那就不好玩了。

可是萬一沒有其他合適對象的情況下……

黑術師或許認為最要緊的是引發案件，才會勉為其難地起用他。

「喂，怎麼樣？」

曲矢走了進來。

「用死視觀看後，有出現死相的人是海松谷院長、海浮主任、沙紅螺、雛狐、火印、阿倍留、看優、紗椰、翔太朗這九個人，由此可見，九孔之穴能夠成立。」

俊一郎說明到這裡，才遲來地發覺這次死視過程中，有件事讓他有點在意，不過——

「你還好吧？」

「嗯，沒事。」

曲矢如此詢問，他明白是在問自己的身體狀況。

「這次雖然人數滿多的，但不像六蟲那件案子時，你是接連觀看沒有休息，才沒有造成太大的負擔。」

「嗯，應該是，只不過——」

他正想提出自己在意的問題點時，曲矢卻搶先一步。

「所以凶手是誰？你心裡有底了嗎？」

俊一郎沒轍，只好告訴他目前翔太朗的嫌疑很大，同時也一一說明了方才在接待室裡察覺的各種疑點。

「那個小鬼不足以當凶手這點，我懂。」

曲矢同意他的看法，又補上一句。

「只是那小鬼最可能成為凶手這一點，我也能懂。」

「為什麼？」

「他就算跟其他人待在一起，也老是落單。就連那個阿倍留，他哥火印不在時，雖然也是孤零零的沒錯，但總有人去關照——」

「等一下！」

俊一郎慌張打斷他。

「該不會所有人現在都聚集在同一個房間裡吧？」

「沒，他們在餐廳。」

俊一郎立刻丟下曲矢，拔腿奔出接待室。

他用最快的速度衝過走廊，卻搞錯了轉彎的地方。他感到現在連這種些微的時間浪費都不能容許。他心想自己也太過焦慮了，可擔憂分毫沒有減少，反倒越來越強烈。

他終於抵達餐廳，推開門衝進去，裡面所有人全都轉頭望向他。

那裡除了身上出現死相的九個人之外，還有綾津瑠依會長跟仁木貝副院長，總計十一個人。還有四位黑搜課的搜查員正看著關係人，其中也有唯木與城崎的身影。

俊一郎一眼掃過餐廳，迅速掌握住有誰在場。

「立刻離開這裡！」

他揚聲大喊，揮舞雙手想將所有人都從餐廳中趕出去。

「像這樣全都聚集在同一個地方……」

就正中凶手的下懷了。他急忙出言提醒時——

「啊……」

沙紅螺驀地站起身，發出呻吟。

不會吧。

就在連忙奔來的俊一郎眼前。

「啊啊啊……」

她發出好似慘叫又像哭泣般的聲音，微微敞開的嘴角流下一條細絲般的鮮紅血液。

怎麼會這樣……

俊一郎震驚到停下所有動作，他的視線緊緊盯著正前方，沙紅螺的身體劇烈搖晃，眼看就要倒在地上了。

「危險！」

她旁邊的仁木貝大喊，慌忙伸出雙臂，才沒讓沙紅螺摔倒在地。可是他的表情霎時繃緊，又轉為凝重。就在用右臂撐住她的身體，並伸出左手輕輕查探後頸之後。

「……她過世了。」

仁木貝輕聲說，他低沉的聲音在餐廳內空虛地迴盪著。

「當然還要請醫師仔細診斷一下，不過……」

其實完全沒有那個必要了。他似乎想要這麼說。

「怎麼會……」

隨之響起的只有俊一郎脫口而出的低語，再沒有任何人開口。

……結果還是沒能拯救委託人的性命。

凶手居然這麼快就行動了……

雙重打擊令他呆若木雞地杵在原地。

「總之先將她搬到地下室。」

瑠依平板的聲音忽然傳來。

研究所的地下室有一座「核子避難所」，不僅能阻隔放射線，還能排除外界的各種威脅。俊一郎事前聽過說明，只要進到那間避難所，還能防範竊聽跟透視。

瑠依曾說過會暫時用那裡作為靈堂，這種處置方式並沒有什麼問題，只是，不會太冷淡了嗎……

俊一郎忍不住埋怨。

再更悲傷一些，或者再更憤怒一些不行嗎？

俊一郎的目光不自覺地掃過四周，雛狐和看優兩人果然臉色發白。只是她們臉上的神情與其說是哀傷，更像是十分不安，再多的則是恐懼。

畢竟下一個可能就輪到自己了。

這也是情有可原，只是一想到她們跟沙紅螺的交情，又令人不免感到太過無情了。

其他人的反應不容易分辨，既像受到巨大衝擊而失去表情，也像克制著自己不能輕易地將情感顯露出來。

不，只有翔太朗不同。

只有他貌似在忍著嗤笑的衝動，這應該絕非個人偏見。雖然不曉得他是因為看到沙紅螺犧牲打從心底覺得「活該」，還是因為他是真凶，正因咒術成功而暗自竊喜。但無論是哪種情況，他一點都不為沙紅螺過世感到難過，恐怕是不爭的事實。

俊一郎看著搜查員在仁木貝的引導下，將沙紅螺搬運至地下室。

「為什麼會把所有人都聚集在這裡？」

俊一郎語氣激動地質問曲矢。不過他有先將刑警拉到餐廳角落，避免讓其他人聽見。

「並不是特別把他們聚集在這裡，而是原本等待的場所就在這兒。」

「那死視結束的人就先——」

俊一郎說到一半，才突然想到一件事。

如果放大家回家，就很難執行護衛工作。而且曲矢肯定也沒料到凶手這麼快就出手了，實際上，俊一郎也同樣掉以輕心了。

「今後的警備工作該怎麼安排？所有人的死視都結束後，總該來討論一下這件事了，才會先讓他們都照原樣待在餐廳裡。」

對於似乎注意到問題所在的俊一郎，曲矢這麼說明。

「這一點我知道……」

他表示理解，語氣卻難免帶著埋怨。

「你已經知道這次的咒術是九孔之穴，還有邪視的事了吧？」

「會從嘴巴流血的……那個？」

聽到這種白目發言，俊一郎差點就要發火了。

「我們現在可是沒能阻止黑術師的咒術，眼前出現犧牲者了。」

「這種事不用你說我也——」

「知道的話，為什麼沒有事先考慮到邪視的危險性？像這樣把所有人都聚集到一起，不就像在大方邀請凶手請盡量施展邪視嗎？」

「所以我剛不是說了，要討論今後的警備——」

「黑搜課的搜查員人數不會太少了嗎？出現死相的有九個人，再加上會長跟副院長就是十一個人。可是曲矢，即使算進你搜查員也只有五個人。」

「我說呀。」

曲矢的聲音低沉而威嚇。

「黑搜課的職責是逮捕黑術師。不對，不可能將他送上正式的法庭，應該說是抓起來。不管怎樣，總之就是要打倒他。是因為這個目的，才會在暗中建立黑搜課的。」

「換句話說，你的意思是——由於黑術師直接在這裡現身的機率很低，所以沒辦法派出大量搜查員嗎？」

「喔喔，你偶爾還是聽得懂人話嘛。」

開什麼玩笑——俊一郎簡直要大吼了，心裡暗暗震驚。

大約距今一年兩個月之前，那位容貌不輸偶像明星、名為內藤紗綾香的女性造訪了弦矢俊一郎偵探事務所。她正是開張後的第一位委託人，拜她所賜，俊一郎才會捲進了入谷家的連續離奇死亡殺人案。

每次不可思議卻又不值一提的現象發生後，必定會有人過世。在那起難解案件的漩渦中，俊一郎為了找出真相拚盡全力。可是線索不夠，為了解開謎底，需要更多樣本。

也就是需要……有更多人死去。

當時的他毫無疑問是希望繼續出現新的犧牲者的。在他心裡，完全只將那些受害者看作是能夠幫助破產的一個線索。

……真是太差勁了。

不過他在入谷家案件後，接連參與各種與死相有關的案子，不僅成為更有實力的偵探，自身也同時獲得了成長。他漸漸開始堅信，不光是委託人而已，保護所有關係人的性命，也是他這位死相學偵探的職責。

在與曲矢對話時，當時極度自我中心的駭人思維在腦海中復甦。

正因如此，他沒辦法接受曲矢這麼說。簡直就像看見了過往的自己，忍不住一肚子火。不能讓任何一個人成為黑術師手下的犧牲品，這也是黑搜課重要的使命不是嗎？

沙紅螺在嘴巴流出鮮血前，好像瞥了自己一眼……

俊一郎的這種感受很強烈。

她是領悟到自己即將因咒術而失去生命，搶在最後一刻向他求救嗎？還是明瞭自己已經回天乏術，希望他一定要幫忙報仇呢？

不，或者是……

想跟他說「對不起」，把他拖進這麼恐怖的案件裡。不知為何，俊一郎總有種感覺，明明她就快喪命了，卻還在擔心身為偵探的他。

然而，俊一郎卻什麼都沒能做到。黑搜課的搜查員也是。然後曲矢還講了那麼過分的話。

只是心裡雖然憤慨，俊一郎依然非常清楚，黑搜課這個特殊組織存在的意義在於殲滅黑術師。曲矢說這件事才是最優先的，他確實無話可以反駁。

不過，這樣真的好嗎？

如果是新恒警部，他一定會……

這個念頭一浮現腦海，俊一郎再次體認到新恒會在這場戰役中缺席，一股寒意冒上心頭。

情況實在不對勁。

自從在偵探事務所跟曲矢談過以後，那句意味深長的「新恒不在」就一直梗在他心頭，此刻他的懷疑又萌芽了。

「你找新恒警部過來。」

「我一開始就說過他不在了吧。」

「現在有人喪命了。我想要詢問黑搜課的負責人新恒警部的意見。」

「這次的負責人是我。」

從曲矢的性格來看，他會在這時展現執拗的一面也不奇怪。可是不知為何，俊一郎總覺得事情並非如此單純。

新恒警部到底人在哪裡？

為什麼曲矢要隱瞞這件事呢？

如果只是我自己想太多就好了……

明明黑搜課的搜查員們——還有雖是孽緣卻真心信賴的曲矢——就在身邊，此刻俊一郎卻感覺自己彷彿是隻身在對抗黑術師，內心充滿了不安。

黑衣女子（三）

第一起命案發生後，當晚黑衣女子來到凶手的房間。

凶手宛如遭到附身般滔滔不絕地詳細描述當時是怎麼向沙紅螺發動邪視的，然後她身上出現了什麼症狀，死狀看起來是什麼模樣。

原本黑衣女子的行事風格是，接觸有可能成為凶手的人選，告知黑術師的存在及接下來將無償提供協助，對方應許並習得咒術、化身為「凶手」之後，就不會再花心思關照他。直到凶案發生前，會在必要情況下碰幾次面，不過一旦對方展開行動，後續就全部交給兇手。這是一般的流程。

因此上次凶手成功在第一位犧牲者身上開啟九孔之穴時，即使他再三要求碰面，黑衣女子也不假辭色地拒絕了。可是今天他表示想請黑衣女子評估一下第一次犯案的經過，並提供建言。

九孔之穴確實不同於其他咒術，在犧牲者身上施加咒術後，還需要逐一利用恐懼打開九竅並發動邪視。在這層意義上，是一種稍費工夫的術法。

凶手似乎因而感到不安，希望黑衣女子能告訴他自己是否執行得宜。

要是平常，她並不會多加理睬，這次卻不得不破例，因為開除成員引發的連續殺人案背後，其實還隱藏著另外一個目的，那就是將今後有可能造成黑術師威脅的DARK MATTER研究所的超能力者一一除去。黑術師並沒有親口指示，只是她敏銳地察覺到這層意涵。

因此，黑衣女子現在才落得聆聽凶手自吹自擂地說明犯案經過的下場，其中有件事特別引起她的注意。

「血量好像有點少。」

她一說完，凶手立刻面露不安，程度誇張到有些滑稽。

「不過每個人的情況都不同，只要對方死了，也沒有什麼問題。」

因此她接著補充說明，讓他放下心來。

「不過為了以防萬一，要在下一位犧牲者身上開孔時，最好讓對方體驗到強烈的恐懼。」

凶手頻頻點頭應和。

「還有在發動邪視時，可以再用力一點。只要再注意這兩個小細節，關於九孔之穴就沒有其他問題了。」

聽完黑衣女子的建議，凶手喜不自勝，臉上展露大大的笑容，果然在第一次犯案後碰面是正確的。

但是他的好心情也只持續到提及黑搜課及死相學偵探為止。

「你不需要特別害怕他們，多小心就好。」

黑衣女子謹慎提醒後，凶手的表情就蒙上了一層陰影，好似在說……真的沒問題嗎？

「黑術師大人的咒術，不是人類能夠戰勝的。」

黑衣女子自信滿滿地回答。即便實際上弦矢俊一郎已經多次成功阻止凶殺案的進行，當然，她絕不會告訴他這件事。

「而且現在黑搜課的新恒警部不在，那位曲矢刑警無法勝任指揮現場的工作。」

凶手聽了就說新恒確實很麻煩，還表示他認為在這次案件之前，警部曾數度造訪研究所，肯定也是為了希望獲得超能力者的協助以對抗黑術師。

「黑術師大人也注意到這個問題了。」

所以才會選中眼前這個人作為凶手，策畫一起以研究所為舞台的連續殺人案。在收拾於己不利對象的同時，也不忘大肆利用關係人內心的陰暗面，實在很像黑術師的作風。

得知黑術師已經設想得這麼長遠，凶手敬佩不已。

「那位警部不在，這情況對你有利。」

凶手心想，新恒缺席想必也是黑術師計畫的一部分，臉上不禁浮現自信的笑容。

「剩下的你就可以獨力完成了吧？」

黑衣女子最後一次確認狀況後，便離開了凶手家。

這樣一來，我的任務就結束了。

有種卸下心頭大石的輕鬆，卻又有一抹近似於寂寞的情緒，她有些困惑，感覺像是內心開了一個洞。

抑或，這是後悔呢？

這個問句一閃過，她忽然感到坐立難安。

不，不對。

我能幫上黑術師大人的忙，怎麼可能覺得後悔！

當初是大人將我從絕望深淵拯救出來！

黑衣女子一面這麼告訴自己，一面往比自身服裝更加深濃的黑暗中走去，消失了蹤影。

十　看優

DARK MATTER研究所地下避難所的一間房內，沙紅螺靜靜橫躺著。看優要過去看她時，一旁還有雛狐及弦矢俊一郎的身影。

在氣氛寒涼的地底走廊上，三人與仁木貝及黑搜課的搜查員擦身而過，俊一郎便開口詢問她在哪一間房，副院長特意走回來帶他們過去。

「看優、雛狐，還有弦矢偵探，你們過來看她啦。」

仁木貝推開門，主動向三人搭話，惹得看優差點要哭出來，而她身旁的雛狐真的流淚了。

那間房原本是職員的房間，沙紅螺全身包裹在白布中，橫躺在最裡面的那張床上。

仁木貝掀開白布，露出她的臉龐。那張臉跟平日一樣漂亮，只是略顯蒼白，嘴巴周圍完全沒有血跡。

俊一郎雙手合十，垂頭默禱。看優及雛狐也仿效他的動作。

「其他人──」

他重新張開雙眼，語帶責難地詢問。

「沒有來嗎？」

「大家可能還處於極度震驚的狀態，等心情稍微回覆之後……」

仁木貝雖然這麼回答，卻隱約能看出他絲毫不認為還會有人過來。

俊一郎大概也察覺了這一點，表情十分難看。

他回到一樓後，便去接待室與曲矢、會長、副院長碰頭，四人一起討論該怎麼處理沙紅螺的後事及今後的對策。

會長一離開接待室，就立刻表示「這起案件直到有什麼眉目之前，都要嚴加保密」。她並沒有多做說明，不過從那副態度看來，這似乎是政府高層的意思。或許是因為這個緣故，俊一郎看起來心情極為惡劣。

後來，出現死相的其餘八人，與護衛兩人一組分頭回家。只是因為黑搜課人員不足，也有人像院長那樣獨自回家。俊一郎狀似不太認同這種做法，卻沒有多說什麼。

看優離開研究所後，便快步踏上歸途。話雖如此，只要走個十分鐘左右，就會抵達她租的集合住宅「森林宮殿」。四周環境與名稱不符，並沒有森林，反倒位於市中心，因此她往返研究所所需要的時間遠低於沙紅螺。

但現在情況不同，她的步伐較平常更為沉重，行進速度拖拖拉拉的。

沙紅螺的嘴巴略為敞開，流下細絲般的鮮血。

這幅畫面從剛剛就一直在腦海裡重複播放，儘管她想轉移注意力，也完全想不起來其他事情。

細絲般的鮮血從嘴角流下……

或許是因為腦中不斷閃現那令人不寒而慄的駭人畫面，她的腳步難免變得遲緩。

不要再想了。

她這麼告誡自己，大腦卻不聽使喚。

看優拚命想將這件事揮開，便回頭想主動搭話，又再最後一刻放棄了。

名叫城崎的搜查官擔任她的護衛，自從離開研究所就一直跟在她背後。這個人選是弦矢俊一郎決定的。

由弦矢偵探親自送我回家不是更好。

儘管身處危險境地，她還是忍不住這樣想。或許因為他去負責了雛狐的護衛，更加強了看優的這種念頭。

不過城崎已經是她心目中俊一郎以外的最佳人選了，倒沒有太過不滿。曲矢性格惡劣，又很嚇人。唯木雖然優秀，不過還是希望能由男性來護送自己。剩下的兩位——大西跟小熊——都是大叔了，自然不在考慮範圍之列。

如果是新恒警部，當然十分歡迎就是了。

城崎根本不知道看優的這些小心思，朝著突然回頭的她，投去「什麼事？」的目光。

「啊，沒什麼事。」

看優慌忙應聲，才又轉回前方。

沒想到他長得還不錯，人卻這麼冷淡又恐怖……

他並沒有大吼，也沒有罵人，可是散發出來的氛圍就是讓人不敢恭維。看優心想，自己好像見過類似的人，等到她發現是像曲矢後，忽而就有些喪氣。

再過幾年，城崎就會變得跟那位刑警一樣嗎？

現在應該還有救。只要能遇見一位品行良好的女性，與她交往，他肯定也能稍微改變。

但看優可完全不打算毛遂自薦。

她幾乎要苦笑了，不禁暗自告誡自己：這麼要緊的時候，妳這個小腦袋瓜到底在想些什麼呀。不過倒也是感謝剛才的胡思亂想，終於成功將那個畫面趕出腦海了。光是這一點，或許就該大大感謝城崎的護衛。

順帶一提，俊一郎堅持「必須要用霧面玻璃的車輛載送」大家往返，但曲矢一句「預算要從哪裡來」，就乾脆駁回他的意見。

黑搜課是一個祕密的部門，所以缺乏經費嗎？

就在這個失禮的念頭閃過看優腦海時。

手機響了。

誰打的？

看優疑惑地從包包掏出手機，未顯示號碼。

咦……？

她不由得遲疑了，卻仍膽戰心驚地接起電話。

『喂……喂……』

傳進耳裡的聲音拖得很長，聽起來居然好像有幾分熟悉，卻又不知怎地沒辦法立刻想起來對方是誰。是一位女性的聲音。

「喂喂？」

看優再次應聲。

『喂……喂……』

又傳來同樣的回應，不過總覺得有點奇怪。

「請問，妳是哪位？」

『喂……喂……』

可是對方只是不斷重複同樣的話，一直不回答她。

「我說，妳到底是誰？」

『喂……喂……』

聽著同樣內容的單調聲音，看優內心逐漸害怕起來，便不再開口。

『喂……喂……』

不過那聲音仍持續叫喚。

『喂……喂……』

簡直像是到看優回出正確答覆為止都堅決不放棄一般，相同的聲音不斷傳來。

『喂……喂……』

看優終於忍不住掛上電話，轉頭看向後方。

「老天。」

卻不見城崎的人影。在這種緊要關頭，他到底跑到哪裡去了？

城崎——她想要大聲喊他，卻又不禁遲疑，像是害怕一發出聲音，就會暴露自己的所在地。

……新恒警部不是也說過沒問題了嗎？

看優設法鼓勵自己。然而一直沒見到城崎，她內心的不安益發高漲。

我該去找他嗎？

她也想過這一點，但又覺得這樣不是相反了嗎？內心不免埋怨。而且再走一小段路就要到森林宮殿了，他知道我住哪間房，我現在直接回家也沒問題，或許這樣做反而更好？

看優在步道上停下腳步，不確定接下來該怎麼做時。

手裡握著的手機再度響起。

她渾身一震，差點讓手機掉到地上，勉勉強強才抓住。不過她一看到畫面上的來電者名字，又嚇得差點鬆開手。

……沙紅螺。

上頭的確寫著「沙紅螺」。

怎、怎麼可能……

不可能打電話來的名字，清清楚楚地顯示在螢幕上。

這、這是、怎麼回事……

看優徹底傻住了，掌心裡的手機響個不停，絲毫不停歇、執拗地響著，彷彿堅持要等她接起才肯停止似的。鈴聲朝著她狂妄叫囂──快接、快接、快接。

看優再也無法忍受了，儘管內心害怕，還是在好奇心的驅使下接起電話。

「……喂？」

『喂……喂……』

兩三秒之後。

那道聲音傳來。明明感覺有些熟悉，卻不知為何沒辦法立刻想起對方是誰的那道女性聲音……

『喂……喂……』

那瞬間，拿著手機的那隻手臂爬滿了雞皮疙瘩。

有些熟悉的聲音……

螢幕上顯示的來電者名字……

『喂……喂……』

那是沙紅螺的聲音。

不可能打電話過來的她，正在跟自己講電話。

『喂……喂……』

「妳、妳是誰！」

看優鼓起全身的勇氣，詢問對方的身分。

『是、我。』

「不、不、不可能！」

對方明明沒有報上名字，她卻想都不想就反駁回去。因為鑽進耳裡那道聲音的主人，絕不可能是沙紅螺。

『沙、紅、螺。』

然而對方的聲音聽起來確實像是沙紅螺，沒有別的可能，那道熟悉的聲音從方才就一直敲擊著耳膜。

『洞、要、開、了。』

那道聲音接著說——

『九個孔，的洞，其中的……』

又愉快地往下說——

『某一個，會打開。』

聲音又忽然帶著歉意表示——

『嗚嗚，嘴巴，已經，不會開了。』

那語氣簡直像在道歉似的。

『因為，我的，嘴巴，開了。』

然後那道聲音再次愉快地——

『剩下的，八個中，某一個……』

繼續說：

『會在，妳身上，打開。』

全身上下的毛孔早就都因為害怕而撐開了……一想到這一點，看優忍不住覺得可笑。

不過自己居然險些要笑出來這件事，讓她深受打擊。她心生畏懼，擔心自己是不是要發瘋了。

這時忽然有人抓住她的肩膀，她放聲尖叫。

「喂。」

她回過頭，站在眼前的人是城崎。

「凶手打的？」

他壓低聲音詢問，但電話已經掛斷了。看優用手勢表達這件事後，城崎臉上明顯寫著失望。

「你剛剛去哪裡了？」

她生氣地質問，不過城崎表現的泰然自若，也沒有回答她。

「我要找弦矢過來。」

城崎反對，但看優不理他，逕自打了電話。俊一郎說他馬上過去，要她趕快回家等著。

「咦？可是，我家很小……」

（妳跟城崎一起在那邊等我。）

「又沒有整理……」

更重要的是，她其實不太願意讓城崎進自己房間。

（總之妳現在立刻跟他一起回家。）

俊一郎卻絲毫沒有察覺看優的意思。

「去附近的咖啡廳可以嗎？」

（從外頭就能看到裡面的地方，一定要避開。）

他這樣一回，看優再也沒有理由討價還價了。

她只好無奈地回到森林宮殿，並且邀請城崎進屋。她心想，完全不招待人家好像太過冷淡，便動手泡茶，結果城崎卻用一句「我不用」冷淡拒絕，她氣得雙頰都鼓起來了。

俊一郎真的很快就趕到了。她打開門時，俊一郎喘得上氣不接下氣，正是使盡全力跑過來的證據。這一點讓看優很開心，心情立刻好轉。

她喜孜孜地請他進房，端茶出來——只好也給城崎一杯——然後在俊一郎的催促下，開始描述剛剛發生的事。

「妳確定那是沙紅螺的聲音？」

俊一郎的語調沉穩，絕非在懷疑她，頂多只是想再確認一下。

「一開始雖然只有『喂喂』，但我馬上就覺得這個聲音有點熟悉……」

「妳們是經常聊天的好朋友，才能聽得出來吧。」

「但我又想說她不可能打過來……」

城崎原本都一言不發。

「現在是不是應該要用死視再觀看一次？」

提議時眼睛直直盯著看優，她不由得身子一震。

「可以嗎？」

俊一郎出聲詢問，她用力點了個頭，慌忙坐正。明明沒必要做這種事，簡直像要在拍照似的。

這樣說起來，古代人都認為照相會吸取人類的魂魄，因而恐懼這件事。

不對，這樣的話，死視不是更加危險嗎……？

看優內心忽然感到不安，不過凝視著俊一郎認真的神情，她的心情漸漸安定下來。

「怎麼樣？」

面對城崎的追問，俊一郎據實回答。

「跟第一次看時相同，有紫色薄膜包裹住全身，不過顏色變深了。」

「換句話說，凶手的下一個目標就是……」

「看優的可能性看來相當高。」

她雖然早就做好心理準備，然而親耳聽到「下一個」或「目標」這些用詞，依然忍不住感到害怕。

「九孔之穴是在哪？」

城崎在當事者面前提這種問題也太白目了。俊一郎頗為惱怒。

「我不曉得。如果是我外婆應該能認出來，不過——」

回答他的問題後，一臉還有話想說的神情。

「對了，城崎。」

他用彷彿突然想起重要問題的語氣說：

「看優接到電話時，你人在哪裡？」

看優也一直想問的問題，俊一郎幫她單刀直入地問了。

「我沿著過來這裡的路上，往回走了一小段。」

「為什麼？」

「因為我感覺好像有人跟在我們後面……」

聽見他的回答，不光是看優，就連俊一郎也大吃一驚。

「怎、怎麼樣的人？」

他這麼反問，像是心中已經有猜測的對象似的。

「那個，當時沒能看清楚他長怎樣，只是……」

「什麼？」

「只是我瞥到路燈照不到的死角有人影而已……」

「就算是這樣，城崎，你一定也有留下什麼印象吧，沒有嗎？」

「……嗯。」

俊一郎耐心等待他的回答，城崎躊躇地說：

「我一開始懷疑是黑衣女子……可是身材似乎過於嬌小了……現在回頭去想，那人搞不好還是個孩子……」

「大概幾歲？」

「……我想想，大概國中吧。」

俊一郎頓時陷入沉默。

「你該不會知道那個人是誰吧？」

這下換城崎發問了。語氣十分彬彬有禮，但目光銳利無比地射向他。

「不，我怎麼可能知……只是今天我跟曲矢主任和唯木三個人一同離開事務所時，有看到類似的人影……」

城崎不講話了，屋內的氣氛極為凝重。

那個人影，是黑術師的手下嗎？

看優好想問眼前的兩人，卻又感覺現場氛圍不適合。

兩人都不知道那個人影的真面目，卻又似乎都察覺到了些什麼，不過雙方腦中的猜想各自不同。

他們的對話給人這種感覺。那要開誠布公地討論嗎？看起來又不太可能。如果俊一郎的另一方不是城崎，而是其他搜查員，恐怕情況也一樣。

……這個氣氛也太令人難以忍受了。

明明是待在自己的房間裡，看優此刻卻渴望跑出去。

「今天應該不會有問題。」

因此俊一郎主動開口時，她大大鬆了一口氣。

「問題是明天——」

他一說完，便將目光投向城崎。

「這種情況下，還是不要將關係人聚集到研究所，把大家拆開來個別護送不是比較好嗎？」

「既然不曉得凶手什麼時候會發動邪視，不要全都集中在一個地方，或許真的能有更好的成效。只是很遺憾，我們沒辦法提供足以護送全員的人數。此外，萬一發生什麼事時大家是分頭行動，就沒辦法在第一時間立刻處理，這也是一個問題吧？」

「我和曲矢主任開會時，他也說了一樣的話，但現在最應該優先考量的，不是先排除邪視的危險性嗎？」

「很困難。」

城崎如此回答後，便不再多說。俊一郎似乎打算深入追問。

「話說回來，最先接觸這件案子的新恒警部到底是怎麼想的？」

「主任說的警備配置，就是新恒警部提出的方案。」

聽到這個答案，俊一郎看起來極為驚訝。

「可、可是，要怎麼保護大家？」

「就算是都聚集到研究所，那裡夠大，又有許多房間，要將關係人各自隔開，並非太困難的事情。而且我聽說萬一發生了什麼狀況，只要躲進地下避難所，十幾個人也能在阻絕外界的情況活上一個月。警部認為這樣比草率地分頭行動更為安全。」

「他現在人在哪？」

儘管俊一郎裝作自己只是不經意地詢問，實際上卻極為緊張。看優敏感地察覺到這一點。

「我只是下屬，不曉得高層的預定行程。」

「你知道些什麼嗎？」

「誰曉得呢。」

儘管如此，俊一郎還是一直盯著城崎。

「這頂多只是聽說——」

他先拋出這句話後，才用透露機密的語氣。

「新恒警部接下了僅有警方高層知道的高度機密搜查。」

「跟黑術師有關的？」

「既然是高度機密，詳情我就不曉得了。」

對於城崎的回應，俊一郎內心似乎仍存有疑問。看優也隱約察覺到這一點。但他或許是認為今天不可能從城崎口中問出結果，便忽而轉向她。

「明天早上我會過來接妳。」

俊一郎說出讓看優浮現滿臉笑意的發言。

「這個我來就——」

「城崎，我當然不會干擾你工作。」

俊一郎爽快承諾。

「我身為死相學偵探，卻眼睜睜看著身上出現死亡徵兆的委託人過世了，所以我一定要保護沙紅螺的朋友。」

他又接著如此說明，看優幾乎都要哭出來了。

「嗯，你的心情我也能理解……」

城崎似乎不太認同，但或許是發覺俊一郎心意已決，只好不情願地同意他隔天早上的陪同。

不如乾脆把護送的工作改由弦矢來負責……

看優差點脫口說出這句話，連忙又吞了回去。因為她發覺自己的多嘴，可能會在兩人之間引發風波。

看優望著俊一郎踏出自己的住處，在走廊上漸行漸遠的背影，幾乎忍不住要叫住他。

你不用這麼沮喪也沒關係的……

偵探先生，沙紅螺一定是由衷地感激你的……

十一　第二起命案

隔天早上，弦矢俊一郎來到森林宮殿時，城崎已經在能夠一眼望見看優房間的走廊上待命了。

兩人互道早安後，便按下門鈴。她簡直就像一直等在玄關似地，立刻神采奕奕地開門出來。

「昨天晚上有什麼狀況嗎？」

俊一郎謹慎關切，看優卻只是開朗地回答「沒有」，便催他一塊兒離開。

瞥向後方，城崎拉開一段距離尾隨在後。

「我也更低調一點好了——」

俊一郎才說到一半，看優就勾住他的手臂。

「喂，妳幹麻——」

「弦矢偵探，你要保護我不受凶手的邪視攻擊對吧？那當然是待在我身邊一起走，跟我一起行動，才容易發現凶手。」

「是有道理，不過我應該要掌握住整體情——」

「那個城崎會負責的。」

再次回頭望去，城崎確實在走路時有隨時查看四周情況。

「你看吧。」

俊一郎望向一臉開心得意的看優。

……她真的理解自己身處的立場嗎？

俊一郎感到十分憂心。還是她在裝開朗呢？又或者這是她信賴死相學偵探及黑搜課的象徵呢？

他們一邊閒聊，一邊沿著市區中的步道朝DARK MATTER研究所走去。他在談話中對四周的路人——看起來多半是上班族——隨時保持著高度警惕，因此主要還是看優在說，俊一郎只是偶爾應和。

至少嫌疑犯人數有限，還不算太艱難。

俊一郎聽著看優說話，同時留意周遭動靜，一面深深這麼想。

只要檢視擦身而過的人，朝著同方向前進的人，還有停下腳步的人裡頭，是否潛藏著研究所的人就好，這一點實在值得慶幸。而且嫌疑犯同時又是潛在的受害者，因此身邊都跟著護衛。換句話說，凶手想發動邪視，必須閃過那些護衛的監視。

第二次犯案可不會像沙紅螺那次容易得手。

他內心稍微有了幾分把握，想要多與看優討論一下案件的事，但她似乎一直閃躲聊這個話題，每次俊一郎才剛開個頭，她就會立刻將談話帶往別的方向。

她是因為害怕嗎？

這是正常反應，不過兩人講話的氣氛總感覺像好朋友一起上學似的。當然這比她嚇壞了要好，但還是希望她稍微有點危機意識。

俊一郎腦裡湧現各種複雜的思緒時，研究所的大門已然映入眼簾。只要進到裡面，在這塊也能稱為前庭的空間裡，四周多了許多綠意。由此可見，院方是有意識地在研究所腹地內推動綠化。

那景色看起來很舒服，但凶手躲藏的地方因此增加也是不爭的事實，非常棘手。

更何況門內還站著會長綾津瑠依，不，她在其實也沒什麼關係，只是俊一郎真心不想一大早就看見那張臉。

她今早的妝依然厚到令人難以置信，臉上還掛著大大的笑容，讓人不禁要擔心那張妝容會不會出現裂痕了。

「阿俊，早安。」

她甜蜜膩人的聲音，讓俊一郎後背竄起一陣寒意。

天啊，饒了我吧。

他在內心吶喊，嘴上仍是含糊不清地打招呼。

「打起精神，話講清楚！」

「……早、早安。」

簡直像是外婆在念他一樣。

「會長早。」

「好，早。看優，妳很有精神，很好。」

俊一郎他雖然想盡快離開這裡……

「妳躲到我身後。」

但他仍然不會忘記要留意看優的安危。

話雖如此，這種情況下誰都不曉得該提防那個方向才好，看優該躲在他的右邊還是左邊，或者是背後，還是該繞到前方呢？根本無從判斷起。

不過看優一見到俊一郎挺身保護自己的舉動，就雀躍地回「好」，緊緊偎向他的後背。這樣一來左右兩側就毫無防備，但也無計可施，不管怎麼躲，都不可能方方面面地徹底保護住她。

話說回來……

她率真的個性是很討喜沒錯，不過神經也太大條了。到研究所裡，非得好好講她一頓才行。

俊一郎的姿勢像是在半揹著她，很難走，他傷腦筋地喚了聲城崎，「麻煩你擋一下左右兩側」。

不過瑠依已經匆忙跟在右後方了，城崎便自然補上左後方的空位。

這下，至少從三面將她圍起來了。

即便如此還是不能大意——就在俊一郎如此告誡自己時。

「啊啊……」

短而低沉的聲音從背後傳來，原本緊緊貼著自己的身軀忽然鬆脫，俊一郎驚慌轉過頭，她直挺挺地杵在眼前。

怎麼會！

他迅速環顧四周，張開雙臂想擋住看優的身體，卻完全不知道自己該防禦哪個方向好，最後只好如無頭蒼蠅般圍著她繞圈圈，可是——

「啊啊啊啊啊……」

看優發出低沉卻綿延不絕的慘叫聲，左眼淌下一道血淚。

不，那不像眼淚只有幾滴而已，而是不停洶湧流出的鮮紅血潮，眼窩裡蓄滿了鮮血，霎時間就幾乎看不見眼珠了，那裡已經成為傾流大量鮮血的一個孔洞了。

「對不起……」

看優朝著不再搜尋四周、只是緊緊盯著自己的俊一郎說：

「……謝謝你。」

她說出感激的話語，同時右眼滑下一道真正的淚水後，便驀地倒下，他一個箭步衝上去抱住她的身子。

「可惡！」

俊一郎短短吼了一聲，雙手抱起她，使出全力衝向研究所的玄關。後方傳來城崎同樣狂奔的氣息，再後面，嘴裡喊著奇特聲響的瑠依也跟來了，不過現在自然沒人有餘力管她了。

「往這邊。」

仁木貝副院長從玄關飛奔而出，指引俊一郎前往醫務室。這時，似乎是剛得知消息而趕來的曲矢也現身了。將看優放在床上後，醫師便將俊一郎、城崎及曲矢都趕了出去，只留下仁木貝在場。

這時，瑠依才趕到。

「看優呢？」

「醫師正在檢查。」

曲矢跟城崎都默不作聲，俊一郎便開口回答。

「在沙紅螺之後，這次是看優……都是我不好。對不起。」

他對著瑠依低下頭。

「你是受沙紅螺之託接下來這起案子。」

瑠依的語氣十分沉穩，之前不正經的態度簡直就像是另一個人。

「因此身為死相學偵探，你當然有責任。」

「……我知道。」

「不過，阿俊，你面臨的對手極為難纏，所以才會有黑搜課這個單位，而且能力出類拔萃的你外婆也從旁協助。阿俊，你絕對不需要一個人背負所有責任。」

「可是……」

「你不能光為了已經發生的事情懊悔不已，要仔細回想、分析，讓這些經驗成為往後的助力，不然她們兩個肯定沒辦法安心成佛。」

聽到這裡，兩人的身影清晰浮現腦海。

在嘴巴流出鮮血前，好似瞥了他一眼的沙紅螺。

右眼滑下一行清淚後，說出「謝謝」的看優。

在她們領悟自己即將死去的短短一瞬間，彷彿都還顧念著俊一郎。

她們也會無法瞑目……

他愣然杵在原地時，瑠依已經踏進了醫務室。

「喂，你還醒著嗎？」

直到曲矢主動搭話，俊一郎才驀然回過神。

「你還是這麼有老婆婆緣耶。」

對於他惹人厭的玩笑話，俊一郎直接當作沒聽見，逕自問：

「其他人呢？」

「在你們來之前都到了。」

曲矢也沒再揶揄他，正常回答。

「也就是說，不管是誰都有機會發動邪視。」

「看樣子是。」

「不過昨天開會時，有決定每個人的負責人吧。」

「啊啊，你是雛狐，城崎是看優，我是火印跟阿倍留，唯木是翔太朗，大西是紗椰，小熊是海浮主任。」

「由於人數不夠，海松谷院長拒絕了護衛。」

俊一郎語帶諷刺，但曲矢看來並不介意。

「還有會長跟副院長身上沒有出現死相，暫時先不安排護衛。」

「那只要詢問每個負責人，所有人抵達研究所以後的一舉一動不就——」

「是否有不在場證明，這一點或許是能知道。」

曲矢雖然這麼回答，但似乎察覺到一切並非這麼簡單，俊一郎內心立刻泛起一抹不安。

「怎麼一回——」

事？他正要追問時，仁木貝走出了醫務室。

「怎麼樣？」

俊一郎立刻關切詢問，副院長無力地搖搖頭。

「還是沒辦法嗎？」

「……很遺憾，對不起。」

仁木貝一臉難受地垂下頭。

「怎麼會……」

如果有誰該道歉，那也是俊一郎及黑搜課，然而曲矢跟城崎卻看起來都沒有受到太大打擊。雖然他們也有可能只是刻意按捺住自身情感不顯露在外，但那張冷淡的面容看了就讓人火大。

在仁木貝的指示下，看優也被搬進地下避難所的職員房間。負責搬運的是曲矢跟城崎，而仁木貝、俊一郎及雛狐則隨同前往。

看優被放置在前一天沙紅螺躺的最裡面那張床的旁邊，仁木貝表示「沙紅螺的遺體已經移至避難所中的冰櫃裡了」，不久後看優也會被送進去。看來直到案件告一段落為止，都要先隱瞞兩人死亡的事實。

不過，她們還有願意接收死亡通知的家人嗎……？

俊一郎感到一股深刻的寂寞，並且……

昨天傍晚看優才在這裡朝著沙紅螺合掌致意，隔天一早居然自己也遇上了相同的橫禍……體悟到世事的無常，俊一郎內心很難受。

不過他立刻想起一件事，她肯定也知道凶手昨天打來的那通詭異電話，開啟了自己身上的九孔之穴。

意思是，她早就有心理準備了……

如果正因如此她才採取那種態度的話……

俊一郎對看優的默禱，一直持續到仁木貝委婉催促才停止。

接著，他與曲矢一起詢問搜查員，追蹤所有關係人今早的行動，不過能夠確知的事實就如同左記一般非常稀少。

看優　由俊一郎及城崎護衛，於八點五十五分左右抵達研究所，隨後即因凶手的邪視，成為九孔之穴的第二位犧牲者。

海松谷　獨自過來研究所，在八點半左右抵達，後來就一直待在院長室，沒有不在場證明。

海浮　由小熊護衛，於八點三十三分左右抵達研究所，隨後一直待在主任辦公室，小熊則在走廊那側的門外待命。不過因為辦公室裡還有另一扇直接通往外面的門，不算有不在場證明。

雛狐　沒了俊一郎的護衛，獨自前往研究所，於八點四十五分左右抵達。到院後直接去了圖書室，在看書時聽見外頭的騷動。沒有不在場證明。

火印與阿倍留　由曲矢護衛，於八點四十八分左右抵達研究所。自昨天起，阿倍留的身體狀況就不太好（原因似乎是由於曲矢這位外人在場），火印表示希望暫時讓兩人獨處後，就進入了研究所裡的一間調查室。因為後來曲矢就去玄關接看優一行人，兩人便沒有不在場證明。

翔太朗　由唯木護衛，在八點五十分左右抵達研究所，隨即去了一樓廁所，唯木則等在門外待命。然而從廁所的窗戶能夠清楚看見前庭，所以他沒有不在場證明。

紗椰　由大西護衛，在八點五十分左右抵達研究所，比翔太朗早一步。在餐廳喝咖啡時說要去補妝，就跑到一樓的廁所，大西則在門外待命。然而因為從廁所的窗戶能清楚看見前庭，所以她沒有不在場證明。

簡而言之，所有人都沒有不在場證明。

「應該要把每個人看守的更緊一點。」

俊一郎忍不住向曲矢出言埋怨。

「我們又不可能跟到廁所裡面去，而像海浮跟火印那樣要求獨處的情況，我們也沒辦法說不。」

「可是這些人全都是潛在受害者，還是嫌疑犯耶。」

「這種事不用你講我也清楚得很。」

「既然這樣——」

「喂喂，現在不是吵架的時候吧。」

曲矢難得說出有建設性的意見，俊一郎頓時不知該怎麼回應。

「聽說看優平常就老是最後一個到研究所，換句話說，即使凶手今天比她更早來研究所，也不會令人起疑。」

「這一點凶手肯定也計算進去了。」

俊一郎依然積極討論案情。

「只是，今天舉止如常的只有海松谷跟海浮兩個人，其他五人都跟平常不同，這一點很棘手。」

曲矢立刻指出最大的問題所在。

「據說幾乎所有人早上都會去餐廳喝咖啡，只是因為昨天我們要求大家要盡量避免跟其他成員碰頭，他們才會各自行動。」

「只有紗椰沒聽進去，是因為她的個性吧？」

「她確實是位美女，不過看起來很強勢。」

「曲矢刑警，不是你喜歡的類型喔？」

「我喔，我不喜歡那種瘦巴巴的，我喜歡再豐滿一點……」

「像亞弓那樣？」

「沒錯——你、你這混帳，你、你在胡說些什麼！亞、亞、亞弓是我妹、妹妹耶！」

「什麼呀，原來你有戀妹情節。」

俊一郎早就懷疑曲矢有戀妹傾向了，才會順勢說出口。

「玩笑話就先擺一邊，先回來講案子。」

他再次因曲矢立刻回復正經模樣而感到詫異。要是平常，他肯定要對著俊一郎嘮叨好一陣子才肯罷休。

「海松谷跟海浮這兩人的行動的確跟平常一樣，但也不能因此就說他們的嫌疑比較輕。」

「因為若是想要獨處，按照平常習慣來做更恰當。」

曲矢認真的態度，又令俊一郎內心感到狐疑，不過他還是先將心思拉回討論上。

「這樣一來，不就每個人都很可疑嗎？」

「我是認為嫌疑最大的還是翔太朗——」

「是嗎？那傢伙？」

曲矢表現出不太贊同的反應。

「我問每個人認為誰是凶手時，最常出現的名字就是他了。這麼多人都懷疑他，這就很值得深思了。」

「這不像你。」

「什麼？」

「你們這些偵探多半都性格彆扭，應該要稀鬆平常地說，所以最多人懷疑的人才不是凶手吧。」

「相反的話也可以套在你身上。」

曲矢露出詫異的神情，俊一郎接著說：

「既然這麼多人懷疑他，那傢伙肯定是凶手——你平常不都會這麼說嗎？」

俊一郎聲音不帶起伏地淡然點出。

「我哪會。」

曲矢雖然立刻否認，卻感覺不出他有生氣，這反應不太像他。要是平常，他肯定會憤慨地回「最好是我頭腦有這麼單純啦」。

「曲矢刑警。」

俊一郎又鄭重地喚了他一聲。

「幹嘛？」

他回應的聲音好似透著戒備。

「你差不多該跟我說實話了。」

「什麼實話？」

「當然是新恒警部的事。」

「拜託，我都講過好幾次了——」

「跟黑術師有關嗎？」

直搗核心的策略似乎奏效了，儘管只有短短一瞬，曲矢的臉色確實變了。

「難道新恒警部落進黑術師手——」

「你到底在講——」

「不要瞞我。」

「沒事。」

曲矢乾脆地斬斷俊一郎的擔憂。

「你只要專心調查這起案子，做好死相學偵探的工作就行。」

「可是——」

「新恒警部也是這麼希望的。」

這是什麼意思？

警部沒事嗎？

後來不管俊一郎費盡唇舌想套話，曲矢依然堅持對這件事三緘其口。

十二　雛狐

沙紅螺，看優，再來就輪到我了……

雛狐在DARK MATTER研究所地下避難所的職員寢室跟看優做完最後的道別，回到一樓後，便告訴俊一郎自己「非常不安……」

「妳認為下一個是妳嗎？」

她用力點頭，俊一郎問她為什麼會這麼想。

「看優是這樣認為的。」

她回答後，俊一郎便說自己也聽看優說過同樣的想法。

「所以妳認為那個順序的確有可信度。」

「因為沙紅螺也贊同。」

「這樣呀。」

俊一郎露出凝重的神情，送雛狐回圖書室後，誠懇地叮囑她。

「我希望妳一直待在這裡等我回來。我想應該不會發生這種情況，但萬一院長、主任、火印、阿倍留、翔太朗或紗椰之中的任何一個人進來，妳就趕快逃跑。」

為了以防萬一，俊一郎要她連會長跟副院長也不能掉以輕心，而醫師及其他職員雖然沒問題，不過還是小心為上。

雛狐從書架上抽出露西．莫德．蒙哥馬利的《清秀佳人》，走到窗邊椅子坐下開始閱讀。包含小時候常看的青少年版在內，這本書她已經數不清看過多少次了。

她原先還擔心不曉得在這種狀況下，自己是否能看得進去，不過喜歡的書籍果然威力無窮，雖然最初幾頁難以集中精神，但她很快就掉進作品的世界中。

「雛狐？」

直到俊一郎出聲叫她之前，她都全心全意地沉浸在書中。搞不好他已經喚了好幾聲也說不定，雛狐有些難為情，實在提不起勇氣確認。

「會長及副院長、院長及主任、還有曲矢刑警跟我，剛剛討論了一下之後該怎麼做，結果——」

但他似乎根本沒將這件事放在心上，劈頭就切入正題。

「決定大家都按照平常的步調就好。跟平常一樣，進行調查及研究。這樣一來，每個人幾乎都會獨自待在一間房裡，護衛工作也比較容易進行。」

「這樣也幾乎沒有跟其他人碰面的風險。」

「對。不過是否要工作，就交由每個人自己決定，妳如果想一整天都待在這裡看書也沒有關係。

總而言之，只要大家各自清楚界定要待在研究所內的哪裡，就可以在那個範圍內自由行動。」

雛狐稍作考慮後說：

「那我要一直待在圖書室。」

「我知道了，護衛由我來負責。」

俊一郎馬上掏出手機，將她決定待在圖書室一事告知曲矢。在這通電話中，他似乎也得知了其他成員各自會待在哪裡，護衛由誰來負責。

「妳就繼續看書，不用管我。」

掛上電話後，俊一郎拋下這句話便朝書架走去。

「……你、你不跟我說嗎？」

她鼓起勇氣提出疑問。

「說什麼？」

「看優她，那個……」

卻沒能說完，不過俊一郎似乎聽懂了。

「原來如此，妳當然會想知道看優發生了什麼事。」

「不，其實我並不想聽，只是……」

「雖然不想聽，但什麼都不知道又更恐怖……這樣嗎？」

雛狐沉默地點頭。

「昨天看優從研究所回家的路上，手機響了，是未顯示號碼，她接了，不過對方只是一直重複說『喂喂』。是女生的聲音，明明有聽過卻一時想不起來是誰。她跟對方講了一會兒，後來因為太害怕就掛掉了，結果對方又馬上打過來，而且這次顯示了沙紅螺的名字。」

「不可能……」

她下意識地反駁，俊一郎並不介意。

「接起電話後，那個人的聲音聽起來的確像是沙紅螺。一開始也一樣都只說『喂喂』，但不久之後就提到九孔之穴……」

說到這，俊一郎忽而沒了聲音。

「說了什麼？我沒事，你繼續講。」

「說妳的身體也會開孔……」

雛狐後悔了——儘管做好了心理準備，果然還是不該問的，但她緊接著用反擊似的語調追問說：

「是誰打來的電話？沒辦法查出來嗎？」

「黑搜課有去問了，說是拋棄式的預付卡手機，要追查很困難。」

「啊，說的也是。」

凶手自然也會謹慎避免留下足跡。

「不過出現沙紅螺的聲音跟名字……」

「其實今天早上紗椰在餐廳喝咖啡時，發現了沙紅螺的手機。」

「這是怎麼一回事？」

「我認為是沙紅螺出事後，她的手機可能就一直留在餐廳裡，凶手便暫時拿去了。他先用預付卡手機以未顯示來電的方式打給看優，再用沙紅螺的手機打，才會顯示她的名字。」

「那又怎麼會有沙紅螺的聲音？」

「應該是用了變聲器。只是，應該不太可能靠變聲器做出跟她一模一樣的聲音。接下來是我個人的猜測，有可能凶手其實只是準備了相近的聲音，是看優誤認那是沙紅螺。或者是凶手平常就收集了很多沙紅螺的聲音，再編輯出來的。」

「這……感覺好詭異。」

「如果是後者，那擅長電腦的宅男翔太朗嫌疑就更大了。」

「是、是這樣嗎？」

雛狐沒什麼自信地反問，又突然發現什麼似地開口說：

「我、我……」

就沒辦法再說下去了。要具體說出來，令她感到無比的畏懼。

不過俊一郎立刻反應過來。

「妳擔心自己不曉得會遇上什麼情況嗎？」

「……嗯。」

他的神情略顯苦惱。

「不要恐懼就是最好的應對方式，但這又是不可能的。而且要是一直想著自己不能害怕，可能反而會更害怕。」

「我也這麼覺得。」

她坦白回應，雙眼直直凝視著俊一郎，有點看得太久了，雙頰就要泛起紅暈時了。

「受害者出事的順序，是建立在假設翔太朗是凶手的基礎上。不過，要是其實另有原因……」

他自言自語般地脫口而出。

「什麼樣的原因？」

「是否容易感到害怕。」

對於這個著眼點，雛狐也相當認同。

「沙紅螺雖然看起來個性很強，其實膽子很小。看優也是，即使開朗又有朝氣，膽子跟沙紅螺一樣小。」

「我也是，一點小事就會嚇得半死。」

雖然沒必要提，但她還是先主動告知。不過俊一郎已經出神地滔滔不絕起來。

「九孔之穴這項咒術，只要對他人擁有負面情感，就能輕易將對方選為犧牲者——意思就是要湊齊九個人不太需要花力氣——而且咒術在啟動後還能中途停止，有很多對凶手有利的規則。不過事情真是這樣嗎？為了殺害選中的犧牲者，必須讓對方心生畏懼，這件事並不簡單吧？同一種方法也不一定會在每個人身上都有效。啊，就是因為這樣，在沙紅螺和看優身上，凶手才會採取了不同的做法……」

他看起來幾乎是在說給自己聽的，雛狐頓時不知所措。

「他在思考九個人裡誰最容易感到害怕時，腦海中浮現了沙紅螺、看優跟雛狐。如果他是因為這樣才依序對她們下手……」

她不禁擔心起俊一郎，怎麼會失神到在他自己說的第三位犧牲者本人面前講這種推理內容。

「啊，不好意思。」

看來是終於回神了，他立刻道歉。

「沒關係，那我的情況……」

「嗯，我其實還不太清楚。」

他又道歉了。這是當然的——雛狐這麼想的同時，卻也感到沮喪。

「要是我有辦法預測，就能讓妳比較安心了。」

俊一郎充滿歉意的口吻，令她慌忙搖頭。

「是我問的問題太沒神經。」

後來兩人的話題就轉到閱讀上，這也是雛狐刻意引導之下的結果。要是一直照剛剛那樣聊下去，肯定會不停在案件裡打轉，發覺這一點後，她便逐步掌握主導權。

就算自己不擅長講話，但只要說到書……

應該還是能聊上幾句。雛狐是這麼判斷的，在發現這一點碰巧投俊一郎所好時，她既驚又喜。

俊一郎喜歡怪奇小說，而且比起現代的恐怖小說，他更喜歡早期的「怪奇及幻想故事」。他提及的約瑟夫・雪利登・勒芬紐、亨利・詹姆斯、蒙塔古・詹姆斯、伊迪絲・華頓、E・F・班森、阿爾傑農・布萊克伍德、威廉・霍普・霍奇森、赫伯特・羅素・韋克菲爾德這些作家中，看優只有看過亨利・詹姆斯的《碧廬冤孽》而已。

不過他仍舊相當高興，不僅暢聊這本書的內容，還講到據此拍攝的電影《古屋驚魂》（一九六一／英國）跟《White Nightmare》（一九九二／英國、法國）及電視劇《碧蘆冤孽》（二〇〇九／英國），甚至是電影的續集《畸戀山莊》（一九七一／英國）。

於是，雛狐從早到晚都幾乎跟俊一郎一起行動。午餐可以選擇錯開時段去餐廳吃，也可以避開其他人去不同店家外食，俊一郎選了前者，這一點讓雛狐稍感可惜，但她隨即搖頭甩開這個想法。

要是讓看優知道兩人一整天都待在一起，她肯定會羨慕得要命。

一想到這裡，雛狐就覺得自己寧可與她交換，胸口莫名悶悶的。

中午過後，兩人也一直待在圖書室。她早先對於俊一郎的印象——除了談論案件以外幾乎不說話，就算難得開金口態度也很冷淡——早就消失了。

不曉得看優有沒有發現偵探先生的這一面？

雛狐的思緒又忍不住飄到好友身上，雛狐搖搖頭，現在比起考慮看優，更該先擔心自己才對。

俊一郎的電話響起，她才驚覺早就過了離院時間。好像是曲矢打來的，還講了「你們一直躲在圖書室裡幹什麼」這類的話，他便氣沖沖地反駁。

「你這個思想齷齪的刑警。」

聽到他掛斷電話前的口不擇言，雛狐雙頰通紅好似有火在燒。

「我們回家吧。」

但一聽見俊一郎略顯急迫的語調，那股熱情又瞬間冷卻。

走出研究所，晚霞已將外頭的天空染成橘紅色，簡直像是一個從未見過的陌生國度。明明是看過無數次的風景，紅褐色的景象卻令人莫名感到這裡好似異世界。

她從玄關朝大門走去時，腦中忽然閃過一個念頭。

前方的植栽陰影處，好像有一張黑漆漆的臉在看這裡……

有一隻大得出奇的紅色眼睛一直盯著這裡……

光是腦海中浮現出這個畫面，她的手臂就瞬間爬滿了雞皮疙瘩。她不禁嘆息，何苦要自己嚇自己。同時，這份想像不受控地逐漸膨脹。

幸好弦矢就在身旁。

他的存在，是內心現在的唯一支柱。不過他卻沒辦法無時無刻待在雛狐身邊，才想說他大概是走在前方，才發現人又繞到自己背後了，兩人雖然經常並肩一起走，但他要隨時戒備周圍的情況，連聊個兩句都不可能。

好不容易才跟他熟起來的……

雛狐也很清楚現在這種情況下，從研究所走回家的路上絕非能悠哉聊天的時刻，只是仍難掩失落。

離開研究所後，兩人先在大馬路上走了一段，很快就依俊一郎的指示轉進路旁巷弄。要回雛狐住的「木之崎集合住宅」，這條路徑要稍微繞遠路，卻也是情勢所逼。他的考量應該是，在兩棟建築物間類似密道般的小巷子人才少，凶手想混進路人靠近也就比較困難。

不過凶手有從黑術師身上學到一種能夠避免遭人發現的咒術，這一點他也很清楚，卻還是選擇了人煙稀少的路段，想必是為了避免路人造成妨礙吧？

於是，兩人步行的巷子中，幾乎沒看到什麼人。或許是出於這個緣故，俊一郎幾乎都與雛狐並肩而行。即使沒辦法盡情聊天，光是這樣她就很開心了。不過這種情況也只持續了一小段時間。

他忽然回頭確認後方的情況，神色產生了微妙的變化。

雛狐也提心吊膽地轉過身，卻沒有看見可疑人物。兩側建築物很高，巷子裡顯得昏暗，映入眼簾的只有微弱路燈照耀下的寂寥街景。

到底是怎麼了？

俊一郎忽然繞到她身後，雛狐好想看著他問出心中疑惑，卻沒有足夠的勇氣。明明這一天下來講了這麼多話，兩人的關係此刻簡直又像退回以前的狀態了。

離開研究所後，應該已經走了三分之二的路程，差不多再五分鐘就能回到木之崎集合住宅了。

希望一路上別有任何意外。

她忍不住暗自祈禱。

「妳先走，我很快就會跟上。」

俊一郎拋下這句話，便轉身跑了起來，衝進左側的狹窄巷道，一轉眼就不見人影了。

咦？怎麼這樣……

雛狐無計可施，根本沒想到他居然會突然丟下自己，一個人跑走。

難道……他看見可能是凶手的身影？

這倒是有可能，不過現在自己究竟該怎麼做才好？

她站在原地猶豫了片刻。要是俊一郎真的跑去追凶手了，那就應該趁現在趕快回家。既然不用擔心會遇上恐怖的事，就沒必要在這裡躊躇不前。

雛狐起步向前，同時不忘留心後方動靜。才走沒兩步，她就忍不住回頭張望，頻頻確認俊一郎是否回來了。

好希望他趕快回來。

她深知自己應該趕緊回家，步伐卻相當緩慢，就像刻意放慢了腳步，好讓俊一郎能立刻趕上一樣。再加上她不斷回頭，前進的速度就更慢了。

或許是因為這樣，才一直沒有發現那東西。似乎因為她的注意力全放在背後，才會沒注意到。不過由於她的步伐緩慢，終於認知到了視野中的那個奇特東西。

藏身於剛走過的電線杆陰影處的某個東西。

站在建築物之間狹窄縫隙中的黑色存在。

潛伏在大廈公寓植栽後面的身影。

從靜止的箱型車底下窺視的漆黑面容。

……其實這些令人驚疑不定的影子，從剛剛就像早埋伏好在等雛狐似的，頻頻出現在她將會經過的路徑上。

而且形體輪廓一次比一次明確，每一次見到時都又清晰了幾分。起初看不出是什麼模樣，慢慢能分辨出是黑色的，而在察覺到那似乎像個人之後，才終於確定他是個全身黑漆漆的人影。

雛狐一警覺到那恐怕跟襲擊沙紅螺的是同一個人影後，頓時就嚇壞了。

弦矢不是跑去追凶手了嗎？

她不由自主地停下腳步。明明只要再走幾步就到木之崎集合住宅了——入口大門都近在眼前了——可是一想到那東西可能正埋伏在過去的路上，她實在不敢再向前走，就連一步都跨不出去。

……怎麼辦？

她差點就要轉身去找俊一郎了，但一想到要回到那輛靜止的箱型車跟大廈公寓的植栽前面，她就怕得抬不起腿。那東西肯定潛伏在前方等她經過，已經沒有待在方才經過的那些地方，所以就算往回走也沒問題。她這樣告訴自己，但只要一想像……萬一他還在那裡……她就動彈不得地卡在原地。

她一直盯著剛剛走來的那條路，偶爾瞄一眼木之崎集合住宅，在兩個選項中猶疑不定。

該待在這裡等弦矢回來。

還是要一口氣衝回家裡。

怎麼做才是對的？她毫無頭緒。

等？

逃走？

她越想就越覺得兩條路好像都對，又好像都錯。

那到底該怎麼做才好呢？

這時，雛狐注意到一件事。木之崎集合住宅入口的陰影處，有某個黑色的東西悄悄探出身來，看起來正微微左右晃動著。

沒一會兒，晃動幅度越來越大，她才看清那是一張漆黑臉龐，立刻嚇得渾身發顫，打從心底慶幸剛剛自己沒有直接跑回家。

不過雛狐立刻又陷入新的恐懼，那張漆黑臉龐上出現了一隻巨大無比的鮮紅眼睛，好似正緊緊盯著這裡。沙紅螺曾經遇到的離奇遭遇，自己該不會也碰上了吧？

沒多久前巷子裡染滿橘紅色的晚霞餘暉，此刻灰暗夜幕卻已逐漸降臨。路燈雖然早就亮了，光線卻微弱得不太對勁，好似再閃幾下就會熄滅了。

彷彿鋪上一層薄薄墨汁般的夜色中，那道黑色人影搖搖晃晃地從入口處走出來，看起來幾乎跟背景融為一體，簡直就像要消失了。她瞇起眼睛仔細瞧，發現那道影子正開始朝自己一步步走近。

……討厭，不要過來。

她想要朝反方向逃跑，卻害怕得動不了。

就在她驚魂不定杵在原地時，那道影子已經慢慢逼近。只是似乎有點奇怪。他走路的方式像是不良於行，還是故意放慢腳步想要捉弄自己呢？就算是這樣，那種走路方式還是太奇怪了，亂七八糟的，為什麼呢？

雛狐心想自己得趕緊逃走，不過想要弄清楚到底是哪裡奇怪的好奇心，又將她留在了原地。

咦？那個，難道是……

她領悟到異常原因的那瞬間，太過莫名其妙的答案令雛狐深陷極度恐懼之中。

……他是倒退行走的。

不曉得他為什麼要這樣做。不，肯定沒有什麼理由。硬要去猜想，大概就是為了嚇唬她，只有這個可能了。

這時，黑色臉龐往左邊回過頭。看起來是這樣的姿勢。

接著，那張漆黑臉龐又從右邊回過頭。這次很確定是這樣。因為，那隻詭異又巨大的鮮紅右眼，和雛狐的眼睛對上了。那隻像是要躍出臉上的大眼珠，正惡狠狠地瞪著她。

「哇啊啊啊啊啊啊！」

平日文靜的雛狐發出令人難以想像的淒厲尖叫聲，迴盪在已經完全陷入黑暗的巷子中。

十三　第三起命案

弦矢俊一郎一聽到好像是雛狐的慘叫，立刻在心中暗叫不好——他後悔了。

可惡，都是我的錯。

不過在匆忙奔回去的路上，除了自責，內心還有一股其他感覺令他十分困惑。

他擔任雛狐的護衛，離開DARK MATTER研究所後，由於要隨時保持警戒，精神上的負擔相當大。光靠一個人就要同時留意四面八方的情況，實在是太耗神了。

他曾向曲矢提議，雛狐極有可能是凶手的下一個目標，應該要多調幾位黑搜課的搜查員過來保護她，卻沒有遭到採納。曲矢說這個猜想根本無憑無據，一口就拒絕了。而且萬一因為加強一個人的警衛，結果卻是別人成了犧牲者，那就太慘了。他這樣一說，俊一郎也無可辯駁。

總之就是要避免讓凶手開啟九孔之穴。

俊一郎認為這件事最有效的防禦方法，就是趁凶手想要嚇雛狐時，迅速把他找出來、逮捕歸案。這樣既能保護到她，又能解決案子，是個一石二鳥的好計謀……原本事情該是這樣的。

……太難了，光靠自己一個人很難徹底保護她。

走在面向大馬路的步道上，他需要留意的地點實在太多，兩旁有一整排店家，兇手搞不好會裝成客人，而在公寓大廈前方，他又能假扮住戶，更何況前進時周圍環境也不斷在變化，還要再加上身旁呼嘯而過的車輛及路人這類經常在移動的變因。

一個人根本做不來。

由於嫌疑犯同時也是潛在的受害者——而且已經出現兩名犧牲者了，極為諷刺的人手現在終於足夠了——因此今天所有身上出現死相的人都有護衛跟著。兇手要如何在這種情況下將雛狐推入恐懼深淵呢？沙紅螺那時，他輕而易舉地就辦到了，看優那時他則是用了電話，即使在護衛的監視之下，透過電話恫嚇還是可行的。

不過雛狐就難了吧？

俊一郎一面在腦中梳理思緒，一面迅捷地環顧四周，選擇轉進建築物之間的狹窄巷道。雖然會繞一點路，但這樣走就能一口氣減少接觸到車輛或行人的機會。兩側也沒了店家，要留意的地方就能縮限到巷子的前後方。儘管這條路比較迂迴，不過她住的木之崎集合住宅恰好就在這種小巷子上。既然遲早都要轉進巷子，不如早點走進來也行。

這個思維是正確的，雖然雛狐似乎因為從熱鬧的大馬路轉進人煙稀少的巷弄而心生怯意，但對他的護衛工作確實大有助益。讓她害怕這點令俊一郎有些內疚，但這也是為了她的安危著想，只要她忍耐一下就好。

轉進小巷子走了一會兒，俊一郎驀地感到背後似乎有人。

他猛然轉身察看，卻沒見到半個路人，眼前所見只有寂寥而淒涼的狹窄巷道，在色調宛如小朋友拿紅色及茶色水彩混在一起亂塗鴉般的夕陽照耀下，不停朝後方延伸。

是我的錯覺嗎……？

他不禁懷疑起自己的感覺，繼續往前走。但那種感覺依然存在，他直覺又想回頭，卻忽然想到一件事。

跟過來了嗎？

如果是在大馬路旁，或許很難發現，正因為這裡是小巷子，自己才能發覺吧。

要是太常回頭，搞不好會嚇跑凶手。

必須要等待恰當時機，再一口氣追上去。

俊一郎提醒自己。一想到萬一自己採取這種守株待兔的對策時，雛狐身上被開啟了九孔之穴……他就不免有些心急，只好不停說服自己這是目前最妥當的方法了。

而且凶手的護衛到底在做什麼？

難道沒有護衛跟著的人其實就是凶手嗎……？

到底又這樣走了多久呢？背後的氣息忽然變得十分清晰，現在立刻回過頭就能看到凶手的模樣，這股想法越來越強烈。

俊一郎猛然轉過身，幾乎與人影迅速閃進大樓陰影同時。不，他勉強快了一點點，因此儘管只有短短一瞥，那道人影的樣貌也清楚烙印在腦海中。

像個國中生……

一認知到這一點，離開偵探事務所時他看到的人影，還有擔任看優護衛的城崎所看到的那個人影，霎時浮現腦海。

這些都是同一個人嗎？

那會是誰呢？

在關係人中看起來像國中生的有……

「妳先走，我很快就會跟上。」

他朝雛狐丟下這句話，便立刻朝人影消失的那棟大樓陰影跑去。

那是在兩棟建築物之間的一個非常狹長的空間，勉強能容一個大人通過，才會拿來當作路走，算是一種捷徑吧。只是光線並不充足，在日暮低垂的此刻，連個路人都沒有。

在這個狹窄的空間內，只有前方奔逃的矮小人影，以及緊緊追趕在其後的俊一郎的腳步聲，空虛地迴盪著。

對方的動作看起來很敏捷，不過由於他頻頻回頭查看身後，所以兩人的距離正在逐漸縮短，再加上他好像又絆到了什麼東西，身體失去平衡差點要摔跤，好不容易才踩穩腳步，這時俊一郎已經追到了他的身後。

「喂，站住！」

或許是聽到叫聲太近了，那道人影的身體霎時繃緊，隨即真的聽話停了下來。那是在狹長小路幾乎要到盡頭的地方。在日落餘暉的照射下，矮小身影清晰地浮現眼前。

看到他的反應，俊一郎也吃了一驚，便在距離對方幾步之遙也停下了腳步。萬一有什麼突發狀況，足以讓他飛撲過去逮住他的距離。他做好心理準備，暗忖著現在得先搞清楚凶手真面目。

此時，那道人影忽然就轉過身來。

「學者，你最近好嗎？」

俊一郎第一時間聽不懂對方的話，這個稱呼方式卻令他隱隱感到懷念。

「你、你是……」

「討厭，你已經忘記我啦。」

「……小、小林君？」

黑術師主辦的那場神祕巴士旅行的參加者之一，暱稱為「小林君」的國中男生現在就站在他的眼前。順帶一提，「學者」是當時俊一郎的稱呼。

「原來你沒事？」

原本這兩個月以來一直堵在胸口的某種情緒，好像瞬間消融了。不過，那也只到聽見小林君的下一句話為止。

「沒錯，黑術師在最後關頭出手救了我。」

「……」

俊一郎啞口無言，又因為下一句話而震驚到腦中一片空白。

「所以我現在為黑術師做事。」

小林君說出令人驚駭的事實，還愉快地滿面笑容。

看著他這副神情，俊一郎才終於想起要詢問其他成員是否成功脫險。

「……其他人後來怎麼樣了？」

小林君一聽，臉色立即一暗。

「那個我不曉得。就算我問黑術師大人，他也不告訴我。」

沒能得救嗎？俊一郎很失望，不過又馬上想到光是小林君平安無事，就很值得高興了。只是怎麼偏偏是被黑術師救出來的，還因此開始為他辦事。

咦……？

此時俊一郎才終於想到一個關鍵。

「小林君，你、你……」

「什麼事？」

「你、你見過……黑術師了嗎？」

他可愛地露齒一笑。

「是呀，見過了。」

「他、他到底是誰？」

「一位偉大的咒術家。」

「我不是講這個，是他的真面目。」

這次他嘲諷地嗤笑了一聲。

「哎唷，學者，原來你不知道呀。啊，你是偵探嘛。正確來說，是死相學偵探，聽起來真帥。只是不管你是學者還是偵探，居然不知道黑術師大人的真面目，實在不太行耶。」

「這是什麼意思？」

「像我這種小角色，自然不能透露這種事。」

俊一郎下定決心——不管用什麼手段都要逼你招認。不過，他立刻想起現在眼前還有更重要的問題，便重新冷靜下來後。

「你在這裡做什麼？」

「我想來跟偵探先生打個招呼。」

「你跟DARK MATTER研究所的案子——」

「啊，那跟我沒關係。」

俊一郎難以確定是否能夠相信他的話。

「哇啊啊啊啊啊！」

方才與雛狐一起走的那個方向，傳來了驚心動魄的尖叫聲。

「那我就先失陪了。」

小林君輕巧地行禮致意，就轉身朝出口走去。俊一郎想也不想就要追上去，卻又不能丟著尖叫的雛狐不管。

他轉身跑過建築物之間的狹路，一回到原本那條巷子上，就看見雛狐蹲在路面正中央的身影。

他慌忙奔過去，環顧四週，卻沒有看見可能是凶手的人影。

「妳沒事吧？發生什麼事了？」

他扶著雛狐站起身，想要先問清楚來龍去脈，但她沒辦法正常說話，只好先回到木之崎集合住宅的家中，喝杯熱茶定了定心神後，她才開始敘述。

一曉得雛狐遇上什麼情況後，俊一郎既自責又懊惱。

「真的很對不起，明明我必須保護好妳……」

「……我沒事。」

她表現得很堅強，這麼回應後便試圖露出微笑，甚至還想知道俊一郎剛才是去追誰了。

「我誤以為身後那個人是兇手……」

「不過也不是跟案件全然無關的一般人，對吧？」

似乎是因為他沒有立刻折回來，雛狐便如此判斷。

「其實——」

俊一郎便簡明扼要說明了一下神祕巴士旅行那起案子的情況。原本他堅決不提過往案件的，但現在也別無選擇。

「那太好了。」

結果她說出令人驚訝的一句話。

「咦？」

「弦矢偵探，你一直很擔心那個叫作小林君的人吧？能知道他平安無事不是很好嗎？」

「嗯，這……是這樣沒錯，不過……」

俊一郎有些難以回應。

「不過他卻成了黑術師的手下。雖然他原本就很崇拜黑術師，但現在真正成為另一邊的人，我們也就不能輕易放過他了。」

還是清楚表達出小林君現在可說已經是等同於罪犯了。

「事情變成這樣當然是很遺憾。」

雛狐先認同他的想法，才又吐出驚人之語。

「但不能把他救出來嗎？」

「……救出來？」

「他才國中而已不是嗎？還有救吧？」

她想說的似乎是——那不正是與黑術師搏鬥的俊一郎及黑搜課的使命嗎？

「嗯，妳說的對。」

他感覺自己從一個處於被凶手盯上的危機而且還沒得救的人身上，獲得了一線希望，內心既慚愧又感激，心情十分複雜。

不過話說回來……

方才因為雛狐遭到偷襲，俊一郎便忘得一乾二淨了，這一刻才又想起來。

小林君究竟為什麼會出現呢？

從結果來看，他幫助了凶手。要是當時跟在負責保護看優的城崎身後的也是他，那這樣想就很合理了。只不過，黑術師過去一次都不曾藉由這樣的方式援助凶手。

而且，在事務所附近也曾見過他的身影。

那個人影百分之百就是他。這樣一來，他就只是單純想接觸俊一郎，會出現在城崎眼前，可能也只是想將有貌似國中生的人影出沒這個消息傳給俊一郎知曉。

他是想玩我嗎？

回想他在神祕巴士旅行案件中的言行舉止，這個推理未必有錯。

「怎麼了嗎？」

俊一郎徹底陷入自己的思緒中，雛狐不由得擔心他。

「不，沒事。」

他應聲後，以防萬一也再用死視觀看她一次。果然，她身上的紫色薄膜顏色變濃了。非常遺憾，看來凶手已經成功在她身上開啟九孔之穴了。

他打電話給曲矢，告訴他這個消息。

「所以明天一整天，我希望她都能待在自己家別出門，並讓黑搜課的搜查員過來守在集合住宅四周，防備凶手的攻擊。」

俊一郎如此提議，卻被曲矢拒絕。

「不行，應該要按照當初的計畫，將所有關係人聚集到研究所，在那裡戒備。」

「這樣會重蹈看優那時的覆轍。」

「那要是雛狐的防衛過於周嚴，導致凶手暫時放棄她，轉而對別人開啟九孔之穴該怎麼辦？」

「這個……」

俊一郎被堵得無力反駁。

對凶手而言，真有必須讓雛狐成為第三位犧牲者的理由嗎？既然不確定這一點，將所有資源都拿來保護她確實是有風險，但雛狐現在就已經被開啟九孔之穴了。

「就算這樣，也不能好像一切正常似地讓她去研究所——」

「我去。」

原本一直沉默的雛狐，小聲說出自己的想法。

「我要跟平常一樣去研究所。」

「不行。」

俊一郎單手掩住手機，慌張拒絕她。

「弦矢偵探，有你跟黑捜課的大家在，我不會有事的。」

雛狐本人非常堅持。

剛才沒能好好保護妳的不正是我嗎……？

俊一郎險些脫口而出，卻忍住了。拿這個當理由，怎麼想都不太應該，反而或許有些卑鄙了。

「怎麼了？該不會她自己說要去吧？」

曲矢應該聽不見這一側的對話，卻敏銳地質問。

「……我知道了。但我希望唯木能當她的護衛，現在立刻過來在這邊過一夜，然後明天早上跟我和城崎三人一起送她去研究所。」

「唯木不行。」

曲矢冷漠的回應，令俊一郎的語調帶著怒氣。

「為什麼？」

「因為她負責看著翔太朗。你也認為那傢伙嫌疑最大吧。」

「啊，是這樣沒錯，可是……」

「以現在的成員來說，唯木是最好的人選。大西跟小熊雖然都是資深刑警，但作為黑搜課的搜查員還無法獨當一面，而且適合監視頭號嫌疑犯的就只有唯木了。」

最後在與本人討論後決定——從現在起，她要寸步不離地獨自待在房間裡，直到明天早上俊一郎等人來接她之前，絕對不能外出。

從沙紅螺跟看優的先例來看，才剛被開啟九孔之穴的雛狐，不太可能立刻出事。在這層意義上，今晚幾乎可說是安全的，必須加緊戒備的是明天。

由於俊一郎也有這層認知，因此雖對目前的規劃不滿意，仍舊勉為其難接受了。不過他堅持明早必須要由他、曲矢跟城崎三個人一同擔任雛狐的保鑣。他力爭一定要有三個人，才勉強獲得曲矢的首肯。

到了隔天早上，俊一郎抵達雛狐在木之崎集合住宅的家門前時，比約好的八點半還早了十分鐘，沒想到曲矢跟城崎都已經到了。他還以為曲矢會拿自己比兩人晚到這件事大作文章，刑警卻意外地沒說什麼。

城崎按下門鈴，雛狐立刻走出家門。

「早安。」

她微笑著與眾人打招呼，不過那張笑臉略顯緊繃。

她的前面是曲矢，右後方是城崎，左後方則是俊一郎，一行人就用這個陣型穿過走廊，坐電梯下樓，直接走上馬路。

前往研究所時選了最短路徑，並非昨天回家的那條路線。為了躲開危險的邪視，必須要盡早進到研究所裡的房間。只是這樣一來就不得不走大馬路，在早上這個通勤的尖峰時段，便落得遭到數不清的上班族包圍的下場。

這樣的情況下，萬一凶手伺機躲在一旁，也不可能立刻發覺。當然每位關係人都有搜查員跟著，但凶手此刻也在前往研究所的路上，他或許會在途中假裝意外靠近。

……真的沒問題嗎？

俊一郎內心極為不安，而且路上人多，光是要前進都不容易。這樣一來，抵達研究所可能就很晚了。

不過他對於晚到的擔憂顯然是多慮了，因為光靠曲矢那副凶神惡煞的模樣，眼神銳利地在前頭一站，行人都紛紛自動避開四人組。正常情況下俊一郎會感到丟臉，立刻裝作不認識這個人，但現在不同。

沒想到那張兇臉還能有這種功效……

話雖如此，俊一郎的心情也稱不上感謝，五味雜陳的。

託曲矢的福，他們比原定時間還早抵達研究所。有了看優那次的失敗經驗，今天特別戒備凶手會潛伏在大門前，三個人徹底將雛狐團團圍住，快步往玄關走去。

玄關的巨大玻璃門打開後，迎面便是種著觀葉植物的高聳盆栽，踏進一個人也沒有的大廳，正準備依照之前的決議將她送進圖書室時。

先是響起好幾個人從裡頭跟走廊朝向大廳砰砰砰沒命似狂奔的腳步聲，隨即就聽見仁木貝副院長的喊叫聲。

「快逃！快點出去！」

下一刻，綾津瑠依會長、海松谷院長、海浮主任、四位職員跟醫師、火印及阿倍留、翔太朗、紗椰、黑搜課的唯木、大西、小熊這些人如滾雪球般相繼湧出。

「怎、怎麼了？」

俊一郎不假思索地揚聲詢問。

「有炸彈。剛剛有一通電話打來說研究所裡設了炸彈。」

仁木貝給了一個令人難以置信的答案。

「那是上次那封威脅信——」

「很有可能，不過現在最重要的是先逃——」

「啊啊啊啊！」

短暫卻尖銳的慘叫聲，瞬間響遍了大廳。

立刻回頭的俊一郎，很清楚自己的臉色肯定正漸漸蒼白。

雛狐的右耳流下了一道細絲般的鮮血。

「圍好！」

俊一郎放聲大吼，立刻將她抱進懷中，直接趴倒在地板上，曲矢跟城崎也立刻上來幫忙擋著，唯木、大西跟小熊隨後才趕到。

「大家先出去，留我們在這兒就好。」

聽到唯木的指令，仁木貝便出聲引導所有人離開玄關到前庭去。

「喂，沒事吧？」

俊一郎確定大廳只剩下他們幾個人後，才拉起雛狐的身體，朝她搭話。

「……嗯。」

她的聲音很微弱，不過有回應就令他大大鬆了一口氣。

「阿俊，你撐好她。」

一旁忽然傳來聲音，他抬頭一看，瑠依那張頂著慘白大濃妝的臉頓時映入眼簾，令俊一郎的身子不由自主地往後縮。她剛剛從玄關的玻璃門出去了，看來是又立刻折了回來。

「耳朵怎麼樣了？還聽得見嗎？」

瑠依一邊檢查雛狐的右耳，一邊關切問道。

「以防萬一還是去醫院一趟。」

卻又在本人回答之前，就擅自做出結論，果然是會長的行事作風。

「我帶她去。」

仁木貝不知何時也站在俊一郎等人身側了。不僅如此，兩人之外的所有人全都正隔著玄關的玻璃望向這裡。

俊一郎慌忙擋到雛狐身前，像是要阻隔眾人的視線。曲矢看到他的舉動後，便出聲趕大家過去中庭。

雛狐跟仁木貝由黑搜課的大西負責護送，其他搜查員則分頭調查研究所內是否藏有危險物品。儘管如此，通報院內有炸彈的那通電話，極有可能是凶手的聲東擊西之計——俊一郎及曲矢都這麼猜測，搜查院內不過是謹慎起見罷了。

一如他們所想，並沒有發現危險物品。這段期間內，所有關係人就散落在研究所庭院裡的涼亭或長椅上等待，俊一郎特別留意讓每個人都絕對看不見彼此。從旁協助的人是瑠依，但老實說她平添了不少麻煩。

真希望是這個人去醫院，仁木貝留下來幫我……

他忍不住在心中反覆如此叨念。

俊一郎在讓所有關係人都保持充分距離後，一邊敷衍拚命頻頻找他講話的瑠依，內心一邊推敲著。

雛狐的邪視為什麼會失敗了呢？

是因為一發現她的異狀，自己就挺身保護她，才擋下了凶手針對右耳發動的邪視嗎？

可是她的耳朵還是流血了……

也就是說，邪視還是成功了吧？然而卻沒能施予致命的一擊，是因為時間不夠久嗎？所以右耳才會只流了一點血嗎？

……血量。

這樣說起來，沙紅螺嘴巴流出來的血也並不多。

相較之下看優左眼湧出的血淚則多到驚人。

從九孔之穴流出鮮血。

此刻，俊一郎回想起當時自己在用死視觀看所有關係人時，曾察覺到一件奇怪的事。他正想告訴曲矢時，第一起命案就發生了，結果一擱下後就忘了。

那個究竟意味著什麼？

那個現象該怎麼解釋呢？

他徹底無視依然在一旁說個沒完的瑠依，陷進深沉的思考世界中。

黑衣女子（四）

黑衣女子依約前往的是，離DARK MATTER研究所稍微有段距離，兇手之前好像一次都不曾去過，人煙稀少的小公園。

原本她絕對不會管這種要求的——更何況之前已經破例過一次了——可是這次真的沒辦法置之不理。不，就算兇手沒有主動聯繫她說「希望立刻碰面」，她也絕對會不請自來吧。

原因是，兇手在九孔之穴上失手了。

這是怎麼一回事——她按捺住劈頭就想質問對方的衝動，黑衣女子先問：

「你一個人從研究所跑出來沒問題嗎？」

兇手回答現在眾人正因雛狐的事亂成一團，偷溜個二、三十分鐘沒關係。

確實對於弦矢俊一郎那一方來說，這次的情況毫無疑問出乎眾人的預料。只是不同之處在於結果正好對調，就他們而言雛狐獲救是好事，但對自己這方來說，沒能殺了她是壞事。

順帶一提，兇手行事小心，為了以防萬一還用了黑蓑。這樣一來，就算萬一被研究所的人看到他待在這裡，也不會惹出什麼麻煩。畢竟那個人絕對認不出兇手來，從他眼裡看來，只會認為有一男一女隔著一點距離坐在公園長椅上。

「你簡短說明一下發生了什麼事。」

根據凶手的描述，由於沙紅螺那次嘴巴流出的血量不多，因此在對看優發動邪視時，便按照黑衣女子的建議更使勁地瞪視她。結果很順利，從她的左眼湧出大量的鮮血，所以在瞄準雛狐下手時，他也拿出了同樣的力道，卻不知為何失敗了。

「你在第三個人身上出的力氣，真的有跟向第二位犧牲者發動邪視時一模一樣嗎？」

聽到黑衣女子的疑問，凶手神色不悅地點頭，語出驚人地問九孔之穴這個咒術該不會有什麼缺陷吧。

「不可能。」

她立刻果斷反駁。

但凶手也沒那麼容易退讓，提出很有力的推測——明明是按照黑衣女子的建議去做，結果卻失敗了，那只可能是咒術本身有問題。

「你居然對黑術師大人不敬……」

黑衣女子的聲音因憤怒而顫抖。

「九孔之穴沒能正常發揮的原因出在你身上。」

凶手也生氣了，氣沖沖地反駁「妳少胡說」。

「不，這是事實。」

但在她斬釘截鐵地斷言後，凶手看起來就立刻失去了信心。接著又用一副理所當然的神態，老實不客氣地要求黑衣女子提供對策。甚至還開始吵嚷，既然沒有對策，那就教他新的咒術。

「九孔之穴已經開始運作了。」

當然也可以中止，再教他一個新的咒術，這也不失為一種可能的辦法。

只是這樣一來……

就會讓弦矢俊一郎等人認為黑術師的咒術失敗了。這種屈辱，實在是吞不下去。

更別說黑術師大人想必不會允許。

她也怕大人搞不好反而會勃然大怒……

可是邪視的力量強弱取決於凶手的意志力。就算從旁建議他要使出多大的力量，只要實際上他做不到，一切就沒戲唱了。

面對頻頻催促自己教導新咒術的凶手，黑衣女子仍在猶豫不決。

「你們是來這裡絕交的嗎？」

突然有人朝這裡講話，她渾身一顫，從黑色面紗下窺探，發現在距離長椅有一點距離的地方，站著一位意料外的不速之客。

那就是死相學偵探——弦矢俊一郎。

十四　真相

弦矢俊一郎主動向坐在長椅上的兩人搭話。

「話說回來，沒想到凶手果真是你——」

他將目光對準其中一人，翔太朗的身上。

「嫌疑最大的人的確就是真凶。換句話說，繞了一圈又回到原點——真相就是如此，老實說真的有點無聊。」

這時，他注意到凶手一直保持沉默。

「啊，你可能想說自己有隱身術保護，但我是一路從研究所跟著你過來的，你早就露出馬腳了，所以你可以講話沒關係喔。」

「……你講話的語氣怎麼噁心巴啦的。」

翔太朗終於開口，第一句卻是對於俊一郎的口吻感到不解。

「我也不知道為什麼，每到破案階段就會變成這副態度。之前因為神態冷淡，常有人說我這樣很可怕，不過這都是小事情，你不用太在意。」

「明明就很奇怪吧。」

翔太朗立刻吐嘈。

「不，這種事無所謂。比起這個，你早就知道凶手果然是我了，這怎麼可能！」

下一刻便咬牙切齒地朝俊一郎怒道，同時他放棄使用黑蓑了，露出平常的模樣。

「當然可能，你就毫無疑問、很顯然地非常可疑。首先是所有狀況證據全都指向你，而且很多關係人都認為你是嫌疑最大的那個人。」

「就、就因為這些——」

「我用死視觀看你時，你說了一句意味著其他出現死相的人是院長、主任及年長組的話。確實，研究所有事先告知關係人身上可能會出現死相，要大家先做好心理準備，但應該沒有明說是誰身上出現了死相才對。知道這一點的人，只有凶手。」

「有實、實際上的證物——」

「的確沒有，不過既然我已經親眼看到你們兩人交談的現場，一切就到底為止了吧。」

說到後頭，俊一郎突然展露不合時宜的溫和微笑。

「你也用不著喪氣，這次案件的真凶另有其人。」

「……咦？」

翔太朗露出極為震驚的神情。

「啊啊，你是說黑術師嗎？」

接著，他立刻用「什麼呀」的態度回擊。

「不，我是指這次案件真正的犯人。」

但在聽見俊一郎的回答後，他的表情變得十分複雜。

「就是我呀。」

「不是你。」

「那是誰？」

「除了你跟我以外，跟案件有關的所有人。」

「……我、我聽不懂你在說什麼。」

他的反應已經不是困惑，而是畏怯地緊緊盯著俊一郎。

「線索從一開始就在我的眼前，我雖然一直覺得很奇怪，卻沒有能深入探究。不，有好幾次我都想要仔細想一下的，可是——」

這時俊一郎搖搖頭。

「現在才說這種話也沒用了。」

「你快點給我講清楚。」

翔太朗失去耐性，語調毫不客氣，俊一郎似乎也完全沒放在心上。

「最一開始是沙紅螺來我的偵探事務所。」

他將當時與沙紅螺的互動娓娓道來。

「聽起來不是都很正常嗎？」

「一直到實際來研究所，用死視觀看其他人之前，我也是這麼認為。」

「你是什麼意思？」

「我用死視觀看沙紅螺時，很清楚地看到了有一層紫色薄膜覆蓋住她的全身，還有鮮血從九孔之穴流出來。」

「畢竟這個咒術就叫九孔之穴，那——」

講到一半，翔太朗突然沉默了。

「嗯，沒錯。我在其他八人身上明明都只有看到紫色薄膜，為什麼偏偏沙紅螺一個人會出現那種畫面呢？」

「因為她是第一個犧牲者……」

翔太朗缺乏信心的語氣，讓俊一郎不禁苦笑。

「這不能成為理由。」

「那你說是為什麼？」

翔太朗生氣了，狠狠瞪著他。

「因為那是看優做給我一個人看的幻視。」

聽見俊一郎的推理，他詫異地張大嘴巴。

「當時看優人就在事務所的門外，一邊觀察裡頭的動靜，一邊抓準發動幻視的時機。小俊發現了她的存在。啊，小俊是一隻虎斑貓，也是我的好夥伴，牠雖然只是一隻貓不過——」

「貓的事不重要。」

這瞬間，原本神情親切的俊一郎，霍地用令人膽寒的銳利眼神射向對方。

「唔。」

翔太朗立刻低聲哀號，慌張別開目光。不過那種眼神也是一閃而逝，下一刻俊一郎就又如常說下去。

「小俊是隻可愛又聰明的貓咪，但這件事就先擱到一邊。我在沙紅螺身上看見的死相，有一部分是源自於看優的幻視。我到研究所用死視看完大家後，理應要立刻發現才對。不過在剛用死視看完沙紅螺後，其實也有一個重大線索，是我疏忽掉了。」

「是什麼？」

「她在從研究所回家的路上，遭到你的襲擊，內心十分恐懼。」

「明明她平常老愛擺出一副氣勢凌人的樣子，女生果然還是沒用。」

俊一郎的雙眼再次露出凌厲的目光，不過這次立刻就恢復原狀。

「既然沙紅螺這麼膽小，那為什麼在死視結束後，她沒有問我——你看見了什麼呢？」

「……這一點的確很怪。」

翔太朗罕見地表示贊同。

「原因就是，她早就知道死視的結果了。」

「因為是……看優的幻視？」

俊一郎肯定點頭，翔太朗看起來頭腦似乎非常混亂。

「可是，她們為什麼——」

「目的應該有三個。第一個是為了把我拉進這起案件。第二個是為了讓我盡早了解九孔之穴這個咒術。第三個是為了測試看優的幻視在我身上是否能發揮作用。」

「所以，她們到底為什麼要——」

俊一郎不理會翔太朗的提問，逕自往下講。

「不過看優有一點做過頭了，我猜她們當初的計畫應該是，讓我看到九孔之穴其中一個孔稍微流了點血——這種程度的幻視吧。這樣的線索就足夠讓外婆看出她中的咒術是九孔之穴了，而且如果程度差異只有這樣，儘管其他人身上沒出現流血的畫面，我可能也不會感到不對勁，可以說就是剛好點到為止的表現。但看優的個性比較急躁冒進，不小心就做過頭了。」

「那個，你到底在講什麼——」

翔太朗好像沒跟上，但俊一郎仍舊不理睬他。

「我在研究所見到看優時，她說『沙紅螺沒跟我講你居然這麼帥，太過分了，我都不曉得』，她之所以會脫口說出這種話，就是因為當時她人就待在事務所外面的走廊上。」

「她說你帥，你沒否認呀？」

「沙紅螺離開事務所時，小俊會跑到外頭，就是為了確認到底是誰待在走廊上——就是看優。牠應該是發覺對方沒有惡意，才沒有特別告訴我這件事。只是我要去事務所前，牠一臉欲言又止的模樣，或許牠也還在猶豫。」

「我說呀，牠只是一隻貓……」

「後來我打電話給外婆。當時是外公接的，現在想起來這點也不太合常理，更何況外公居然還破天荒地主動找我聊天，那是外公一邊用家用電話跟我講話，一邊拿手機打給外婆，等她接手機前在想辦法拖延時間而已。接著再把手機跟家用電話的話筒靠在一起，裝做好像是外婆來聽電話的樣子。那時候我會覺得聲音聽起來有種遙遠的感覺，就是因為實際情況是這樣。」

「你家的老人腦筋是不是有問題呀？」

「我把用死視觀察沙紅螺的結果告訴外婆後，她的反應是『天啊，這太過分了吧』。仔細想想，這也是一個很有趣的感想。那是因為外婆發現看優做得太過火了。不過從結果來說，外婆因此辨識出使用的咒術是九孔之穴，令我深信不移。如果我在沙紅螺身上看見的畫面，跟在研究所用死視觀察其他人所見的一樣只有紫色薄膜，任憑外婆能力高超也沒辦法斷言是九孔之穴吧。要是不能鎖定咒術名稱，我和黑搜課的行動就會推遲，必須花很多時間在研究案情，因此才會決定派看優讓我看見那樣的幻視。」

「意思是你外婆其實早就知道她中的咒術是九孔之穴囉？」

「沒錯。」

「怎麼可能。她是什麼時候——」

「應該是沙紅螺找新恒警部求助時。警部立刻聯繫我外婆，安排兩人碰面，接著外婆花了點時間調查，發現沙紅螺身上的咒術是九孔之穴。同時間新恒警部大概從沙紅螺及研究所的人口中得知的情況中，推理出你就是凶手。」

「你、你騙人。」

「你聽好，我用死視看過沙紅螺，把結果告訴外婆後，知道這是名為九孔之穴的咒術。然後曲矢刑警——他跟看優一樣就等在走廊上——突然就出現在偵探事務所，我們便跟唯木三人一起去了研究所。這段時間裡頭，曲矢一直跟我在一起。雖然他曾經短暫離開，假設是在這時接到外婆、新恒警部或黑搜課的聯絡，聽說了九孔之穴的事，他一定會告訴我。可是，這件事並沒有發生。然而曲矢刑警在研究所的接待室跟我談話時，就已經知道九孔之穴這個咒術了。因為他開了愚蠢的玩笑，說我會從屁股流出血來。」

「他早就知道了……」

「只有這個可能。那麼問題就來了，他到底是什麼時候，又是從誰口中得知這個咒術的呢？」

翔太朗臉上浮現苦惱的神色，半是叫了起來。

「你從剛剛開始，到、到底在說些什麼？」

「你的領悟力也不太好耶。」

俊一郎面露苦笑。

「當然是在說真凶設了圈套，連我也一起騙過了。」

「什、什麼圈套……」

「所以沙紅螺跟看優兩人都平安無事，我想她們應該是一直待在研究所的地下避難所。雛狐也一點事都沒有。」

「……」

翔太朗驚愕地說不出話。

「在裝死的朋友面前，她們還能真心哭出來，應該是因為感情實在太好了。拜她們所賜，連我都徹底被騙了。」

「不、不可能，因為，她們——」

「看起來都從九孔之穴流血而死了——不過，這些都是看優的幻視。」

「……才讓我跟你看到這一幕。」

「沒錯。你野心勃勃地要用九孔之穴殺了她們，而我對於她們被九孔之穴殺害這件事深信不疑。我們兩個都符合了遭受看優幻視蒙騙的條件。」

「不對，這太奇怪了。就算她發揮了幻視的力量，也沒辦法抵禦邪視的力量吧？」

「如果只有那樣，的確沒錯。不過保護沙紅螺等人的，不是只有看優的幻視而已。」

「你是說還有其他的嗎？」

「對。在你發動邪視之前，我外婆的特殊能力就一直在保護她們了，那股力量就像一層防護罩，把你的邪視彈開了。」

「你外婆，就是那個叫作愛染老師的傢伙吧？可是根本沒看到那種老婆婆——」

「綾津瑠依會長，就是我外婆。」

說出這句話時，俊一郎臉上的表情羞愧到像是如果這裡有個洞他就會立刻躲進去似的，幸好翔太朗完全沒有餘裕注意到這一點。

「你、你說什麼？」

「你當初在接待室時不是也說了『那個據說是會長及副院長的傢伙』嗎？就算他們平常再怎麼少來研究所，一般也不會說出這種話。換句話說，這就是兩人的出現對你而言非常突兀的證據。可是其他人卻都一副坦然接受那兩人存在的模樣，因為除了你跟我之外，他們都曉得那兩人的真實身分。」

「副院長是？」

「新恒警部假扮的。警部大學時好像有演過戲。」

對著瞠目結舌的翔太朗，俊一郎語氣淡然地說：

「把綾津瑠依的平假名重新排列後，就是弦矢愛。而仁木貝的平假名重組後，就是新恒。」

「……我頭好痛。」

「我也是。」

「不過我說呀，你完全沒發現那是自己的外婆？」

「被你這樣說，我都覺得自己真慘。」

俊一郎沮喪垂下頭，翔太朗一臉同情地望著他。這個瞬間，兩人的立場短暫逆轉了。

「一旦明白兩人的真實身分後，原本其他人對會長及副院長那些不自然的言行舉止也都獲得解釋。看優在讚美新恒警部很帥後之所以會說出『只是可惜現在卻搞成──』，應該是差點要說溜嘴講出『只是可惜現在卻搞成那副老土的模樣』。順帶一提，我猜想新恒警部之所以決定隱藏自己的身分，就是因為如果由警部指揮大局，要攻擊沙紅螺等人就會變得更困難，也會更早逮住凶手吧。」

「他這麼做的原因是──」

「沒錯，為了讓你踩進圈套裡。」

「但有必要連你一起騙……？」

「有。」

俊一郎先簡單說明了神祕巴士旅行那件案子的來龍去脈，再告訴他當時內部消息走漏進黑術師耳裡。

「因此他們認為讓我知道這個圈套是有風險的。黑術師或許有針對我進行竊聽或偷拍，他們便決定仿效『想騙過敵人，就要先騙過自己人』這句話。毫無疑問，這應該是新恒警部的主意。」

「我想問一件事——有關新恒推測我是凶手這點。」

翔太朗像是忽然找回自信似地。

「就像你剛剛承認的，並沒有實際上的證物。我一路聽到這裡，新恒擁有的有益於推理的資訊也沒有比你更多，不是嗎？也就是說，他只是瞎猜——」

「不，有明確的證據。」

「你少騙人。」

「但不是非黑搜課搜查員的一般警察會採納的證據就是了——」

「那是什麼？」

「雛狐的讀心術。」

翔太朗的臉色霎時發白。

「我想應該也用了紗椰的透視。」

這一刻，他的臉都發青了。

「我剛開始參與這起案子時曾感到疑惑，為什麼不用她們的能力來找出凶手呢？當時沙紅螺跟我說有嘗試過，結果沒有成功，雛狐的答案也一樣，但我總覺得聽起來不像真的。紗椰也是回我沒辦法，神情卻是一臉的不甘心。這代表的是，其實是成功了。所以在與案件有關的所有人中，除了我以外，大家都知道『你就是凶手』。」

「……怎、怎麼會。」

「起初我會相信她們，就是因為我認為如果要以這間研究所當作舞台引發案件，黑術師肯定會傳授某種隱身咒術給凶手，你說呢？」

結果翔太朗出人意表地坦然告知，黑術師教了他目的主要用在隱藏身體，但依據使用方式也能蒙蔽內心思緒的咒術「黑蓑」。

「果然如我所料。你在對沙紅螺及雛狐出手時，用了這個咒術，然而你卻忽略了黑蓑另一半的力量，因為你看不起雛狐的讀心術，你太驕傲了，認為除了自己以外，其他人全都是廢物。你好像還算認可紗椰的能力，但你依然輕視她，就因為你那根深柢固的性別歧視。就是你的傲慢及偏見，暴露了你的真實身分。」

接著，俊一郎用稍感興味的語調說：

「你打電話給看優時，她當然曉得是誰打來的。第一通的非顯示來電就算了，第二次卻是從沙紅螺的手機打的，令她也不禁嚇壞了。正如你所期望的結果。」

「對、對嘛。」

翔太朗努力虛張聲勢，不過在聽見俊一郎的下一個問題後，立刻露出不安的神色。

「但你不覺得很奇怪嗎？你打電話嚇唬看優時，發動邪視攻擊她時，還有在回家路上攻擊雛狐時，為什麼每次都能輕易得手呢？這個理由，你怎麼會一點都不曉得呢？」

「咦……？」

「一切都是因為你的護衛唯木裝成一個沒用的女搜查官。你的性別歧視太嚴重了，根本看不起女性，才會完全沒發現自己只是她掌心中玩弄的小丑。我要求曲矢刑警把唯木調去保護雛狐時，他乾脆拒絕的原因，我現在也能懂了。就是因為在黑搜課的搜查員中，只有她一位女性。」

俊一郎略微苦笑。

「沙紅螺遭到邪視攻擊——實際上只是配合我外婆的暗號演出——假裝喪命時，瞥了我一眼，想來是對欺騙我一事感到抱歉。看優的態度之所以會那麼悠哉，還頻頻避開案件的話題，只要考量到她的性格，就知道原因了。而雛狐明明性命深受威脅卻還主動表示要去研究所，也是因為背後有這些因素存在。這樣說起來，她很清楚我的外公是一位作家，肯定也是事先就得到相關資訊的緣故。」

「等、等，你等一下——」

剛才默然聆聽的翔太朗，終於慌張開口詢問：

「如果他們真的早就透過雛狐的讀心術跟紗椰的透視發現我是凶手，那為什麼不立刻把我抓起來？還是在等我犯案，然後才要……不過這樣的話，沙紅螺一個人也就夠了，不需要連看優跟雛狐……」

「你還不懂嗎？」

俊一郎傻眼表示。

「幾乎所有關係人都異口同聲地說『凶手肯定是翔太朗』，不是因為實際的確如此，而是為了讓我懷疑你。我第一次聽沙紅螺描述時，還是認為應該其他人也有嫌疑，她卻沒什麼重大根據就否定我的想法。促使身為偵探的我，懷疑起身為凶手的你，這是最關鍵的一點。」

「為什麼？」

「為了動搖你的內心，誘使你犯錯。不對，正確來說，是讓你以為自己失敗了。這才是本次案件真正的目的。」

「咦……？」

「黑術師傳授給你『九孔之穴』這個咒術，新恒警部將它改成了『九孔之罠』。」

「你、你說……」

「你的理解力真的不太好耶。黑衣女子原本只會跟尚未成為『凶手』的人碰面，在案件展開後就不會再現身了。不過要是凶手失手了呢？在這種緊要關頭，黑衣女子說不定會出面——警部是這麼預測的。他認為到時就是逮住黑衣女子的唯一機會。」

語畢，俊一郎首度將目光投向自己登場後就一直保持沉默的黑衣女子。

「換句話說，九孔之罠就是為了抓妳而設下的陷阱。」

十五　黑衣女子

弦矢俊一郎一直凝視著貌似頭披黑色薄紗的黑衣女子，繼續往下說。

「這座公園的四周已經徹底被黑搜課的搜查員包圍了。以防萬一，我話先說在前頭，不是投入本次案件的人數，而是幾乎出動了所有搜查員，因此就算妳想用像黑蓑那種咒術逃走，也是不可能的。」

不過她依然低垂著頭，緊閉嘴巴，連動都不動一下。

「我、我……要怎麼辦？」

翔太朗從旁插話，但俊一郎看都沒看他一眼。

「你的任務已經結束了。」

「不是，我說，以後……」

「我說結束了。」

他並沒有威嚇對方，只是那清冷如冰的語調，就足以讓翔太朗渾身一震，隨即安靜了下來。

現場陷入一陣短暫的沉默，雖然公園外傳來汽車行駛的聲響及路人的喧嘩聲，不過公園內寂靜得嚇人。

「如果可以——」

就在俊一郎正要出聲拜託某件事時——

「愛染老師也來了嗎？」

黑衣女子終於開口了，兩人幾乎是同時。

「不，外婆在跟我碰到面前就回去了。頂著那張面具一樣的大濃妝時，還能裝作若無其事的樣子，在卸妝恢復素顏後，她好像感到非常難為情。」

「愛染老師也會難為情？」

「從她平常的言行舉止是有點難以想像，但別看她那副德性，其實她有時候也是很害羞的。」

俊一郎還透露要是本人在這裡，肯定會生氣地大聲否認。

「也是。」

黑衣女子聽了便露出淺淺的微笑。接著，她忽然就說了起來。

「愛染老師看破了九孔之穴，將這件事告訴看優，製造出好似邪視成功的幻視畫面，讓凶手以為得手了，這真的是很出色的計畫。」

「沙紅螺那次，新恒警部是故意將剛接受完死視及質詢的關係人全都聚集到餐廳裡的，那是考量過我跟凶手的性格後所定下的計謀。結果也如他的預測走，我激怒凶手，導致第一起命案發生了。

當時外婆跟看優同樣都在餐廳裡，合作無間地達成目標。看優那次，凶手先行抵達研究所了，這樣一來，他最有可能下手的時機就是看優從大門走到玄關那段路，因此外婆親自過來大門迎接，走在她的身旁。不過這次幻視是要自己施展在自己身上，難度應該也提高了。第二起命案也依照計畫順利發生。問題是雛狐了。因此才會假借炸彈名義引發騷動，刻意替凶手製造邪視的機會，同時讓看優藏身於玄關大廳的巨型觀葉植物陰影處，以便她發動幻視。」

「不愧是愛染老師。」

「規劃這些布局的人是新恒警部。」

「可以說是結合了警部的頭腦與愛染老師的能力才獲得的成果。」

「沒想到能從黑術師的心腹口中聽到這種讚美……」

對於俊一郎的這句話，黑衣女子並沒有回應。

「不過如果這場計謀的目的在於抓我，為什麼之前我去他房間那次，黑搜課的各位沒有動手呢？」

他，指的是凶手翔太朗。去他房間，是在說黑衣女子第二次跟他碰面那時。

「我反而想問妳一件事。妳接觸凶手——當時還只是凶手候選人——不是都只有剛開始那一次，後來就不再加以干涉嗎？抑或只是我們沒有發現而已，其實妳在連續犯案過程中通常也會提供協助呢？」

俊一郎用問題回應了對方的問題。

「沒有，以前的凶手全都只有剛開始那次碰面。」

「那為什麼這次——」

沒等他講完，她就已經回答了。

「老實說，第一次碰面時我就有點擔心，不曉得他能不能順利完成犯案計畫。不，甚至我還想過，他可能在第一個人時就會失敗。只是無論怎麼說，他對於周遭其他人的負面情感是最強的。成為凶手最主要的條件，就是內心陰暗面的強度。」

「而他最符合這一點嗎？」

「對。只是現在回頭去看，就會覺得他雖具備強度，卻缺乏了深度……可能實在是太淺薄了。沒能看穿這一點是我的疏失，我已經在反省了。」

「據說新恒警部的見解也跟你一樣，只是警部有發現他過於淺薄。」

「名不虛傳。」

「這次計畫的成功，完全仰賴外婆的力量及看優的幻視，不過還有一點，就是凶手的能力不足——新恒警部的這項預測，其實占了很大的因素。」

明明凶手本人就坐在旁邊，兩人卻完全沒有多加顧慮，逕自往下討論。而他也一語不發地聽著他們的交談。

「就是因為這樣，我才會破例去見了他第二次。新恒警部就在等這個機會。」

「還有另外一項原因，就是本次案件的潛在受害者都是DARK MATTER研究所的超能力者，這才是你們的主要目標吧？」

「新恒警部能想到各位的存在就是黑術師大人的眼中釘，不愧是獨具慧眼。」

「啊，不好意思，妳剛剛的問題我還沒有回答。」

俊一郎輕輕低下頭。

「凶手一直在黑搜課的監視之下，因此妳跟他第二次碰面時，搜查員當然也有發現，只是當時太大意了。因為大家一開始就認定妳第二次去找他會是在邪視失敗後——當然是讓凶手以為自己失敗了而已，因此來不及應對，要是硬闖卻讓妳逃走，好不容易進行到一半的計畫就毀了。新恒警部便決意按照原本的規畫，瞄準讓邪視失敗後的那次機會。事情的經過是這樣。」

「我明白了。」

黑衣女子用力點頭，小公園又再度陷入寂靜。

「妳還有其他想問的嗎？」

聽見俊一郎的問題，她無聲地搖搖頭。

「那我有件事想拜託妳。」

她看起來似乎稍微點了下頭。

「能表明妳的真實身分嗎？妳到底是誰？」

「……」

「也請告訴我，妳為什麼會成為黑術師的左右手？」

「……」

「不行嗎？」

「倒不是。」

黑衣女子答應了，並緊接著說出驚人的發言。

「只是，弦矢，你不是原本就認識我了嗎？」

「咦？」

一陣寒意竄過俊一郎的背脊。

「……我認識妳？」

「沒錯。」

他的大腦立刻快速轉了起來，像是在腦中拚命搜尋相符的人物，也像是一時難以接受剛才聽到的話而感到混亂的結果。

不過，他絞盡腦汁也想不出可能是誰。

「……我想不出來。」

「這樣呀，也是情有可原。」

黑衣女子抬起頭，拉掉身上的黑色斗篷。

「弦矢俊一郎，好久不見了。」

令人怦然心動的甜美面容直直朝向他。

「妳、妳是……」

的確是認識，一時卻想不起來是誰。俊一郎感到大腦都要打結了。

「你忘記了嗎？」

那張惹人喜歡的臉蛋略微蒙上一層陰影。他一見到那副神情，便脫口而出。

「內、內藤，紗綾香……」

她正是弦矢俊一郎偵探事務所的第一位委託人，將他牽連進入谷家連續離奇死亡案的當事者本人。

「……可是，為什麼？」

俊一郎激動地詢問，簡直像要將原本憋住的一口氣盡數吐出來似的。

「在我的未婚夫秋蘭過世後，發生了入谷家的案件，你將一切漂亮解決。」

「在出現了好幾位受害者之後。」

對於俊一郎的補充，她沒有特別回應。

「案件解決後，我無處可去。」

「但妳有外婆跟媽媽……」

「我媽原本就在住院，後來就過世了。外婆也因為長期照顧媽媽累倒了，沒過多久就跟著離世……」

「原來是這樣。請節哀。」

俊一郎深深垂下頭，紗綾香也回了禮。

「後來剩我一個人，不曉得該怎麼辦才好時，黑術師大人主動來找我。」

「當時……」

他像是想起了當時的情況，

「妳曾對我說『請你要小心……漆黑的、真的是暗黑且不祥的影子』。」

「你還記得呀。」

「而且妳還說了『弦矢俊一郎……我想你是逃不過的』。」

「嗯，沒錯。」

「那就是在指黑術師嗎？」

她無聲地點頭。

「當時的那兩句話到底是什麼意思？」

俊一郎下意識地半探出身子，簡直像在質問她，然而紗綾香卻不再開口。

後來不管問什麼，向她講多少話，黑衣女子內藤紗綾香仍是一言不發，最後就跟翔太朗一起——坐上不同輛車——讓黑搜課的搜查員押送到搜查本部去了。

這下子，在DARK MATTER研究所發生的九孔之穴案件，意外地劃上句點，一切終於落幕了。

終章

案件結束後的兩天後，在弦矢俊一郎偵探事務所待客用的沙發，曲矢正大搖大擺地半躺在椅背上。

刑警對面坐著俊一郎，亞弓正在裡面的房間念書，小俊趴在教科書上頭，自以為正在協助亞弓，卻怎麼看都像是在干擾她，不過亞弓並沒有擺臉色，三不五時還會回應牠一下。

看著這一人一貓和諧相處的畫面，曲矢想必很羨慕，他從剛才注意力就一直放在裡頭。不過小俊要是真的待在他身邊，他又會立刻坐立不安，連話都沒辦法好好講，實在是個難搞的男人。

「你翹班沒問題？」

雖然想趕他走，但俊一郎又想知道後來的發展，只好耐著性子主動開啟話題。

「你說誰是要來喝Erika咖啡的？」

一聽到曲矢彆扭的回應，他恨不得立刻將他掃地出門。之所以勉強壓抑下這個衝動，都是因為介意她的事。

「我絕對不會叫外送的。」

「不要說這種小氣巴拉的話啦。」

「到底是誰小氣巴拉。」

一如往常的鬥嘴持續了一會兒。

「話說回來，你也是很拚命了。」

俊一郎忽然盯著曲矢，佩服地說。

「什麼東西？」

「為了不讓我察覺這次的『九孔之罠』，曲矢刑警居然展現出高超的華麗演技。」

他還以為曲矢百分之百會動怒。

「我原先是反對騙你的。」

沒想到卻獲得認真的回應，令俊一郎不禁感到疑惑。

「為什麼？」

「我不喜歡這種做法。」

「對夥伴說謊嗎？」

「這不是廢話嗎？」

看到曲矢真誠的態度，俊一郎的胸口一熱。

「但新恒說『要弦矢徹底保密這次的計畫太困難了，肯定立刻就會被凶手察覺』，我想確實是這樣，只好無奈妥協。」

他那一點都不像新恒的模仿，又捏造了完全不符合警部風格的發言，令俊一郎宛如被狠狠澆了一盆冷水。

「話說新恒警部應該也很擔心吧，畢竟在現場負責指揮大局的是曲矢刑警。」

「你說什麼？」

「哎呀，失敬失敬，是曲矢主任了。」

「你這混帳——」

「話說回來，那就是警部的目的。如果自己親自指揮，卻沒能阻止命案接連發生，凶手就算了，萬一有個閃失，黑衣女子或黑術師肯定會起疑。但指揮官是曲矢刑警的話，就不會顯得不自然了。」

「……果然是這樣呀。」

俊一郎原本以為他這次肯定要勃然大怒了，還提前做好心理準備，沒想到曲矢居然露出認同的神情。

「雖然新恒當初是說變裝後的愛染老師需要有人從旁協助，所以自己就隱身幕後，但事情果然是這樣呀。」

他反倒是對新恒警部隱約有股怒氣的樣子。

你一點都沒發現嗎——俊一郎的這句吐嘈都已經衝到嘴巴了，最後還是吞了回去。再繼續鬥嘴，今天就別想聊正事了。

「所以咧，她呢？」

他的語調似乎觸動了刑警的記憶。

「她在那座公園跟你談話後，就再不曾開口，與其說是為了保持緘默，更像是厭惡一切……這種感覺。雖然有點憔悴，倒是有好好吃飯，好好睡覺，所以目前並沒有健康上的問題。」

他坦白告知內藤紗綾香在被捕後的狀態。

「沒有收穫呀。」

聽到她健康無虞，俊一郎是鬆了一口氣，但沒能獲得關於黑術師的資訊，他不禁大失所望。

「有，大有收穫。」

曲矢奸詐一笑，俊一郎詫異詢問。

「什麼意思？」

「你難得這麼遲鈍耶，我們怎麼可能不用一下那間研究所的小朋友？」

「啊，原來如此。」

俊一郎慢了好幾拍才想到，只要在搜查員偵訊她時，安排雛狐及紗椰待在房間外頭，發揮她們各自的能力就好了。

不過，他這樣跟曲矢說後——

「怎麼可能，敵方好像也提前想過對策了，她應該是用了類似於翔太朗學到的『黑蓑』那個咒術的方法，因此偵訊中的讀心術或透視對她都不管用。」

卻立刻被推翻了。

「那到底是怎麼樣……」

「嘿嘿嘿。」

曲矢一臉得意。

「拜託研究所那些小朋友幫忙，是在抓她之前的事。」

「在那座公園嗎？」

「就如同你當時說的，黑搜課的搜查員們幾乎全部出動，在公園四周待命了，不過其中也有研究所的小朋友在，趁你在熱情發表推理時，一直在汲取她腦中的資訊。不過黑術師的情報自然是越多越好，所以偵訊時我們也用了同一招，只是後來就失效了。」

「新恒警部事先就連這些都計畫好了嗎？」

「嗯，很像那個男人的作風吧。」

他沒有加以否定，想必是因為曲矢也認同警部的能力。

「那她現在……？」

「新恒毅力驚人，還在想辦法誘使她開口。」

這時，曲矢好像順帶想起了一件事。

「至於凶手翔太朗，我們按規矩問完一輪後，就放他走了。不過研究所好像會將他掃地出門，而且聽說他父母的公司也快倒閉了，應該沒多久就得流落街頭了。」

「報應。」

對於這個消息，俊一郎的反應也很乾脆。

「之後新恒應該會提出完整的報告。」

「也就是……或許能知道黑術師的真面目了？」

「或者是連他的老巢都找出來。」

「這樣一來……」

「當然，黑搜課就要出動了。」

「我也要去。」

「……」

曲矢正想要回些什麼，卻沒說出口。他原本應該是想要加以制止，但他也不認為俊一郎會乖乖聽話。

「講了這麼多話，好想喝咖啡喔。」

「你自己去Erika喝。」

在第二次毫無建設性的拌嘴後，曲矢拖著頻頻抗議「我書還沒念完」、一臉不情願的亞弓離開了偵探事務所。

在兩人離去前，曲矢羨慕地看著亞弓與小俊依依不捨道別的模樣，最後卻只是克制地朝小俊揮了揮手。小俊大方地「喵」了一聲，他便露出心滿意足的神色。

俊一郎回到辦公桌前坐下，打電話到外婆家。凶手及黑衣女子遭到逮捕那天晚上，還有昨天，都是外公接的電話，外婆明顯是裝作不在家。看來她經歷了那一段，還是覺得沒臉跟孫子講話。

結果今天她一接起電話，劈頭就來了一句罵。

「你就不能說重點嗎？」

「啊？什麼？」

「當然是說你在那個名字很難聽的研究所裡的表現。」

「是DARK MATTER研究所啦。到底是哪裡難聽。」

「你別想講這種話蒙混過去，那種等級的凶手，你居然沒有馬上猜出來，實在太丟人現眼了。」

「不過就是因為我花了很多時間找凶手，九孔之罠才成功的不是嗎？」

「相較之下，新恒警部真是了不得。」

「嗯，他的整個計畫非常厲害。」

「所以你也要像警部那樣——」

「不過，這個圈套之所以能夠成功，綾津瑠依不是也有功勞嗎？」

俊一郎還以為自己一提，外婆就會立刻把話題帶開。

「你這話不是理所當然嘛。」

他重新認識了外婆厚臉皮的功力有多深厚。

「那位名叫瑠依的人，實在是才貌雙全——」

居然還順勢要開始大肆誇讚綾津瑠依一番了。

「關於黑衣女子，妳有聽說什麼嗎？」

俊一郎只好強行插話。

「沒有，聽說她還是不開口。」

外婆乾脆回答。

「不過她……」

「真是個可憐的孩子。」

「妳知道她在偵訊後會怎麼樣嗎？」

「警部應該也還沒考慮到這件事。」

「……這樣呀。」

一會兒後。

「小林君呢？」

「他去找過你了吧？這樣一來，下次搞不好就換他變成黑衣少年了。」

外婆一針見血地點出俊一郎沒說出口的擔憂。

「如果他變成那樣，還有救嗎？」

「……很難講。」

外婆回答前那一瞬間的遲疑，聽在俊一郎耳裡，彷彿就像回答了要救出小林君有多困難。

連外婆都會躊躇了，果然……

太難了吧。一想到這，俊一郎不免有些低落，但聽到外婆的下一句，他心頭一震。

「只是，接下來大概沒有那種閒工夫了。」

「這是……？」

「有關黑術師的情報，近期內應該就會有結果，到時就要展開大規模追捕了。」

「大規模追捕？在演時代劇喔。」

俊一郎不假思索地吐嘈，但外婆沒再跟著開玩笑。

「不，不會只是追捕而已。」

「咦……？」

「當場殲滅。如果沒有這種決心，死的就是我們這邊了。」

你。」

俊一郎再度心頭一震。

「外、外婆也會參與嗎？」

「廢話。新恒警部是非常優秀的人才，但也不可能跟黑術師分庭抗禮，能對付他的只有我跟

「我、我也？」

俊一郎當然也是打算一起去，不過聽到外婆明白講出來，內心還是難免有點動搖。

「外婆……」

「什麼事？」

「黑衣女子的真面目，之前連妳也不曉得嗎？」

「我又沒有見過她。」

「黑術師也一樣嗎？」

「不好說。」

這個回答意味著什麼？光是思考這個問題，就令俊一郎莫名地恐慌起來。

不好說——是什麼意思？

他想追問清楚，卻又害怕到問不出口。

原先外婆也一直不曉得黑術師的真面目，但如果她不知從何時起，內心隱約有了懷疑對象的

話……

這個念頭倏然閃過腦海。

不過真要如此，外婆為什麼不告訴我？

是因為還沒有信心嗎？還沒辦法確定嗎？沒有取得證據嗎？但就算只是推測，講一下又沒有關係。

畢竟只是外婆跟俊一郎兩個人之間的對話……

最後這件事就在疑雲重重的情況下不了了之。如果他強硬逼問，搞不好外婆會願意透露也說不定。

可是……

俊一郎遲疑了。「可是」的後面會接什麼，他自己也不曉得。只是，肯定是相當恐怖的內容。令人毛骨悚然的不知名事物，就等在那兒。這種預感令他感到煎熬。

掛上與外婆的電話後，他抱起一直趴在桌上豎耳傾聽的小俊，走向沙發。

喵？

怎麼了——小俊抬頭，臉上神情似乎在關心他，但馬上就趴在他的大腿上，發出呼嚕呼嚕的聲響。

今天晚上再開始跟小俊一起睡吧。

或許會一直持續到與黑術師的對決結束為止。

俊一郎輕撫小俊的頭，雖然從中得到莫大慰藉，然而不安的情緒卻怎麼都揮之不去，緊緊揪著他的內心。

虛實妖怪百物語〈序〉〈破〉〈急〉

發售中 **定價：各420元**

京極夏彥◎著
林哲逸◎譯

「妖怪以及那些眼睛所無法看見的事物從日本消失了！」在水木茂大師如此斷言之後，日本各地竟開始湧現妖怪，社會陷入了前所未有的大動亂。妖怪，究竟從何處來？牠們與社會亂象之間又有何牽連？京極本人親自上陣，他與相關人士組成的妖怪聯盟，是否能順利解開妖怪異象與社會亂象之謎？

國家圖書館出版品預行編目資料

死相學偵探．7，九孔之罠／三津田信三作；莫秦譯．-- 一版．-- 臺北市：臺灣角川，2020.11
面；　公分．--（文學放映所；90）

譯自：死相学探偵．7，九孔の罠
ISBN 978-986-524-096-7（平裝）

861.57　　109014545

死相學偵探 7：九孔之罠

原著名＊九孔の罠　死相学探偵 7

作　　者＊三津田信三
封面插畫＊田倉トヲル
譯　　者＊莫秦

2020 年 11 月 25 日　一版第 1 刷發行

發 行 人＊岩崎剛人
總 編 輯＊呂慧君
編　　輯＊林毓珊
美術設計＊林慧玟
印　　務＊李明修（主任）、張加恩（主任）、張凱棋

台灣角川

發 行 所＊台灣角川股份有限公司
地　　址＊105 台北市光復北路 11 巷 44 號 5 樓
電　　話＊（02）2747-2433
傳　　真＊（02）2747-2558
網　　址＊http://www.kadokawa.com.tw
劃撥帳戶＊台灣角川股份有限公司
劃撥帳號＊ 19487412
法律顧問＊有澤法律事務所
製　　版＊尚騰印刷事業有限公司
I S B N＊978-986-524-096-7